Les 7 cristaux

de

Shamballa

Les 7 cristaux

de

Shamballa

Les porteurs de lumière

TOME 1

Fredrick D'Anterny

ADA
J·E·U·N·E·S·S·E

Éditeur : François Doucet
Révision linguistique : Carine Paradis
Correction d'épreuves : Véronique Bettez, Nancy Coulombe
Conception de la couverture : Tho Quan
Illustration de la couverture : © Phoenix Lu
Plans de la nef Urantiane : William Hamiau
Mise en pages : Tho Quan
ISBN papier 978-2-89667-278-3
ISBN numérique 978-2-89683-092-3
Première impression : 2011
Dépôt légal : 2011
Bibliothèque et Archives nationales du Québec
Bibliothèque Nationale du Canada

Éditions AdA Inc.
1385, boul. Lionel-Boulet
Varennes, Québec, Canada, J3X 1P7
Téléphone : 450-929-0296
Télécopieur : 450-929-0220
www.ada-inc.com
info@ada-inc.com

Diffusion
Canada :   Éditions AdA Inc.
France :   D.G. Diffusion
                Z.I. des Bogues
                31750 Escalquens — France
                Téléphone : 05.61.00.09.99
Suisse :   Transat — 23.42.77.40
Belgique :   D.G. Diffusion — 05.61.00.09.99

Imprimé au Canada

Participation de la SODEC. ꒐ODEC

Nous reconnaissons l'aide financière du gouvernement du Canada par l'entremise du Programme d'aide au développement de l'industrie de l'édition (PADIÉ) pour nos activités d'édition.
Gouvernement du Québec — Programme de crédit d'impôt pour l'édition de livres — Gestion SODEC.

Table des matières

Le rocher aveuglant 7

Baârka 17

L'insurrection 25

La fille dans la pierre 31

L'œuf ouvre-monde 39

La traversée 49

La chamane 59

Le symbole tatoué 65

La porte dimensionnelle 73

Les creusets de foudre 83

La rupture 95

Le manuscrit atlante 101

Le creuset de l'élément eau 109

Les premiers indices 115

Les Mogalos 121

La marche du feu 131

Prisonnières 139

Chez l'ennemi 143

La quête de l'élément terre 151

Le saut de l'ange 159

Le cosmonaute 165

Les quatre statues 171

La mélodie des quatre éléments 177

La Dame de Shamballa 185

L'ordre de mission 193

Le retour 199

Urantiane 213

Le cristal de Nebalom 221

Index des personnages (en ordre alphabétique) . . . 221
Glossaire. 223
Plans de la nef Urantiane 227
L'auteur 231

Le rocher aveuglant

L'auto-patrouille de la police de l'État de l'Arizona se rangea sur le bas côté de la route et força le jeune vagabond à s'arrêter. Le soleil de fin d'après-midi illuminait l'horizon d'un étourdissant éclat orangé. Dans la sierra plantée de cactus, au pied des montagnes en forme de poings dressés, l'air était sec, chaud et chargé de poussière.

Un des agents se dressa devant Chad.

— Montre-moi tes cartes, petit !

L'adolescent marchait sur l'immense route désertique, entre les petites villes de Williams et de Needies, depuis déjà une semaine. Il posa son regard dans celui du policier, sans lui répondre ni esquisser le moindre geste.

Incapable de soutenir le poids des yeux gris qui le dévisageait, l'agent s'impatienta :

— Tu comprends ce que je dis ?

Chad ne connaissait rien aux us et coutumes de ce monde. À vrai dire, il en apprenait encore la langue et s'habituait à l'éclatante lumière du soleil durant le jour, et à la belle lueur argentée de la lune durant la nuit. Il ignorait, en la circonstance, ce que signifiait exactement le mot «cartes». Mais il devinait, à l'uniforme que portait l'homme, qu'il était une sorte de soldat. Y avaient-ils des rois ou des despotes dans ce monde où le soleil brillait autant que de l'or liquide?

Ne cherchant nullement les ennuis, Chad fit mine de fouiller dans les plis de son long poncho de laine beige.

— Où vas-tu comme ça? voulut savoir le policier tandis que son collègue, toujours assis derrière son volant, se nettoyait une oreille avec le petit doigt.

L'adolescent songea que si l'homme s'avisait de le fouiller, il serait bien obligé de se défendre : ce qui ne serait pas la meilleure façon de passer inaperçu.

Le soleil se cachait derrière un énorme entablement rocheux. Bientôt, la nuit tomberait sur le désert. Les étoiles brilleraient dans ce ciel limpide que Chad aimait contempler avant de s'endormir.

— Tes mains. Je veux les voir! exigea l'agent d'un ton brusque.

«Il pense que je suis peut-être dangereux», anticipa Chad.

— D'autres auto-patrouilles t'ont vu marcher, ces derniers jours, ajouta l'officier.

L'homme ne faisait que son travail. L'autoroute 40, une des principales de l'État, traversait le désert sur plusieurs miles. Si les poids lourds étaient légion, croiser des voitures en fin d'après-midi était plus rare. Quant à des piétons! Ce jeune était peut-être un fugueur recherché par la police dans d'autres États. Ou alors un délinquant ou un drogué.

Âgé de 14 ou 15 ans tout au plus, les traits d'apparence asiatique, il était mince et de taille moyenne. Son poncho tombait sur ses hanches, la moitié de son visage carré était caché par de longues mèches noires et raides qui couvraient aussi ses épaules. Un bandeau en tissu blanc orné d'un motif étrange révélait un front haut et droit. Ses yeux gris étaient aussi perçants que des balles de revolver.

Les gantelets de cuir et l'espèce d'armure que portait l'adolescent sous son poncho intriguaient le policier.

— Mon gars, dit celui-ci, je vais devoir…

Il esquissa le geste de saisir Chad par le poignet. La réaction de l'adolescent fut immédiate.

L'homme se sentit happé par une force surnaturelle et se retrouva étendu sur le sol. Le jeune fondit sur lui comme un tigre et le piqua d'un doigt à la hauteur de sa clavicule gauche. L'agent eut aussitôt l'impression de sombrer dans une torpeur glacée.

Les yeux grands ouverts, mais paralysé de la tête aux pieds, il vit son collègue jaillir de l'auto-patrouille.

Un petit animal bondit alors des rochers et s'enroula autour de la gorge du second officier. L'adolescent souleva une de ses jambes et la projeta dans son estomac. L'agent fut projeté à six pas.

Chad s'accroupit ensuite près de chacun d'eux et s'excusa. Il ne leur voulait aucun mal. Il n'était que de passage dans leur monde. Aussi, ils devaient le laisser tranquille, ou bien simplement l'oublier.

«Marche en direction du soleil d'or couchant, lui avait conseillé la boule de lumière ailée qui parlait durant son sommeil. Ne te fais pas remarquer. Reste le plus loin possible des entablements rocheux. Et sois à l'heure pour ton rendez-vous.»

Cette voix était presque aussi douce que les nuits de ce monde, et aussi belle que la lumière de ce soleil doré qui brûlait les yeux, mais que Chad ne se lassait pas de contempler.

Le singe-araignée vint se blottir contre son cou.

— Sheewa! dit simplement l'adolescent avant de reprendre la route.

Encore quelques kilomètres et il atteindrait le lieu de son rendez-vous, à l'heure exacte où le soleil se coucherait…

*

Paul Winthrop roulait sur son quatre roues flambant neuf depuis des heures. Il sentait avec délice les vibrations du moteur dans tout son corps et se disait que c'était ça, la vie! Filer à toute allure dans ce désert semé de rochers et de cactus. Soulever des tonnes de poussière. Transpercer, tel un dieu sur son char de lumière, le ciel trop bleu.

Conduire ou piloter sur son ordinateur toutes sortes d'engins était une de ses passions. Aujourd'hui, il tentait le coup pour de vrai et, ma foi, il ne s'en tirait pas trop mal!

L'après-midi avait passé. À présent, la nuit tombait. Paul alluma ses phares, sortit du champ, et suivit la route asphaltée. Il ne savait trop comment l'expliquer, mais sa colère et sa frustration s'étaient dissipées. Ne restaient dans ses veines et dans sa tête qu'un vide froid et une immense tristesse.

Aujourd'hui, c'était son anniversaire. Et son cadeau, il ne l'avait pas reçu, mais volé!

Le vide ne se trouvait d'ailleurs pas uniquement dans ses veines, mais aussi, comme c'était souvent le cas, dans son ventre. Il vit clignoter le panneau publicitaire du casse-croûte routier et décida que sa fugue avait assez duré.

Il longea les 10 tonnes stationnés les uns à côté des autres, et alla se garer contre la baraque qui servait de toilettes publiques.

La porte du restaurant grinça. En entrant, il huma les bonnes odeurs de saucisses, de bacon, de pain grillé et de mayonnaise. Sur la vitre était collée l'affiche d'un avis de recherche publié par une société humanitaire spécialisée dans la recherche d'enfants disparus. Une jeune fille de race noire avait été enlevée dans l'État de New York, quelques mois plus tôt, et des indices laissaient entendre qu'on l'avait peut-être vue en Arizona.

Paul grimaça. Non parce que la fille sur la photo avait l'air aussi sympathique qu'un routier en panne d'essence sur l'autoroute, mais parce qu'il était probable qu'elle ne soit jamais retrouvée… vivante!

Il s'assit au comptoir, commanda trois hot dog avec une double portion de mayonnaise et de frites, et une bière.

Le patron le toisa.

— Pas d'alcool pour les mineurs.

Paul mentit. Il avait l'âge! Ses papiers d'identité? Oubliés. Imitant les héros de ses films d'action préférés, il posa sur le comptoir une liasse de billets de 20 dollars, ce qui attira l'attention de plusieurs clients.

Réalisant soudain que c'était une des premières fois qu'il se retrouvait seul dans un endroit inconnu, Paul déglutit. Pour le coup, la petite salle mal éclairée ressemblait maintenant, à ses yeux, à une caverne, et les quelques clients attablés — des routiers fatigués ainsi qu'un groupe de motards passablement saouls —, à des brigands de grand chemin.

— Si t'es un homme, lui lança une fille effrontée vêtue d'une combinaison moulante en cuir noir, prouve-le!

Ses copains s'esclaffèrent. Paul se rappela les motos flamboyantes alignées devant la véranda du casse-croûte. Il esquissa le geste de rempocher ses billets, mais une main écrasa la sienne.

— Paie-nous une tournée, railla le motard.

D'autres se levèrent et encadrèrent l'adolescent.

Paul songea à son téléphone cellulaire glissé dans la poche intérieure de sa veste en daim. Pouvait-il appuyer sur le bouton d'urgence qui composait automatiquement le numéro du gardien du ranch de son père?

À cette heure-là, les employés devaient être partis à sa recherche. Mais Paul se rappela, penaud, qu'il avait éteint son téléphone justement pour qu'ils s'inquiètent tous de son absence!

Le motard empocha la liasse de billets.

— Hé! se rebiffa l'adolescent, c'est mon argent!

Paul était grand, blond et arborait des épaules de footballeur. Mais son visage était si lisse qu'il passait volontiers pour un garçon inoffensif, sinon timoré.

Le motard lui serra le collet.

Le patron fit alors mine de protester. Il connaissait ce grand gamin blond. Tout le monde le connaissait dans la région, car son père était un des hommes les plus riches de l'état. Et s'ils ne voulaient pas d'ennuis, les motards feraient mieux de ne pas toucher à un seul de ses cheveux.

Ceux-ci éclatèrent de rire. Apparemment, ils ne venaient pas du coin.

— Ainsi, t'es un fils à papa, fit un gros bonhomme qui devait être leur chef.

Il enfonça brusquement son poing dans le ventre mou de l'adolescent.

— Attendez un peu ! se révolta le patron.

Il fouilla sous son comptoir. On entendit le cliquetis métallique d'une arme. Un motard sauta sur le bar et assomma l'homme avec une batte de base-ball. Dans sa chute, le patron heurta une bombonne de gaz ainsi que la poêle où grésillait du bacon.

Tous entendirent le chuintement du gaz échappé de la bombonne. Il y eut une première explosion, puis une seconde. Le casse-croûte trembla comme s'il était secoué par un tremblement de terre.

Projeté au sol, Paul se couvrit la tête avec les mains. Ses tempes battaient comme la peau d'un tambour.

Il vit tout à la fois les flammes qui léchaient les murs de la petite cuisine située en arrière du comptoir, les routiers qui sortaient en courant, le chef des motards allongé sur le sol, le torse écrasé par une poutre tombée du plafond et qui geignait comme une fillette.

Un drôle d'animal bondit devant Paul. Il songea à un rongeur poilu ou à une sorte de marmotte dont la queue aurait été trop longue.

À travers le rideau de flammes, un garçon inconnu le fixait droit dans les yeux.

— Viens! ordonna-t-il. Paul le suivit en trébuchant.

Le jeune blond avait l'impression de marcher au milieu d'un film catastrophe. De la fumée noire le faisait tousser. L'inconnu le poussa dehors.

Hébété, Paul s'éloigna de quelques pas. Les motards traînaient leur chef et enfourchaient leurs engins. Des routiers criaient que tout pouvait encore sauter.

Paul guettait l'encadrement de la porte. Il songea bizarrement à l'affiche de la fille frustrée qui brûlait et à ce garçon sans doute fou à lier, car il venait de sauter dans le brasier. À côté de Paul, le petit animal à la queue trop longue faisait des bonds sur place et lançait des cris aigus. L'espace d'un instant, ils se regardèrent tous deux.

Puis, le garçon inconnu émergea de la fumée. Trainant par les aisselles le patron évanoui, il ressemblait à une sorte d'apparition fantastique.

Chad adossa l'homme contre la baraque des toilettes heureusement située à une dizaine de mètres du bâtiment principal.

— C'est à toi? demanda-t-il en montrant le quatre roues.

Paul hocha la tête. Le singe-araignée vint se jucher sur l'épaule de son maître.

Celui-ci monta d'autorité sur l'engin et fit signe à Paul de le rejoindre.

Comme des sirènes de police retentissaient, le jeune fugueur ne se le fit pas dire deux fois!

✳

Ils prirent au sud non par la route où ils avaient toutes les chances de tomber sur les hommes du shérif, mais à travers le désert.

Le garçon inconnu demanda à Paul de ne pas s'approcher trop près des entablements rocheux.

— Facile à dire! railla le blond, crispé sur son guidon. Il y en a partout!

Les crachotements du moteur donnaient à penser que le quatre roues pouvait les lâcher.

«Ne me laisse pas tomber! pria Paul. Pas toi. Tu es neuf. Tu es mon cadeau d'anniversaire!»

L'obscurité les enveloppait comme un manteau. L'incendie du restaurant n'était plus qu'un point lumineux dans le désert.

Au bout d'une vingtaine de minutes, Paul décida qu'ils étaient hors de danger. Mais qui fuyaient-ils, au juste? La police? Elle avait assez à faire avec l'incendie, le patron et les routiers.

Paul tourna la tête et tomba nez à nez avec son sauveur ou son ravisseur — il ne savait trop.

— Tu veux qu'on s'arrête? s'enquit-il.

Après quelques secondes de silence, le garçon inconnu répondit d'une voix sourde que leur rencontre n'était pas due au hasard, mais qu'il s'agissait d'une sorte de rendez-vous.

— Tu débloques! se moqua Paul. Je ne savais pas que je devais me trouver dans cet endroit au coucher du soleil. Chad le sidéra en affirmant que lui, il savait. Il ajouta qu'il était venu le sauver d'un grand danger.

Paul donna un coup de frein brusque.

— Qu'est-ce que tu racontes?

Il avait soudain très envie de rentrer au ranch, de s'excuser auprès de son père, de sa mère et des employés qui devaient être morts d'inquiétude. Il ravalerait son orgueil et avouerait: «Désolé, P'pa!

J'ai pété les plombs. J'ai piqué le quatre roues que tu voulais m'offrir parce que… »

Le garçon le fixait toujours. Aucune émotion ne passait dans ses yeux gris.

— Au fait, t'es qui ? Et ton animal, c'est quoi au juste !

— Nous sommes en danger, répéta Chad.

Il descendit du quatre roues. Aussitôt, le singe — finalement, ce ne pouvait qu'en être un — se plaça sur la nuque de son jeune maître. D'où venait la lumière qui sourdait derrière les rochers ?

Paul songea aux phares d'une auto-patrouille.

Il imagina l'air contrit de son père. Il l'entendit lui dire pour la énième fois : « Tu me déçois. »

Le singe poussa un cri d'alarme. Chad se plaça devant Paul et dégaina un sabre court.

— Que…, commença le blond.

Mais il resta bouche bée. Devant eux, un grand rocher s'allumait.

La lumière augmenta tant et si bien qu'ils durent plisser les paupières pour la supporter. Peu après, l'intensité devint si forte que Paul hurla de douleur. Il lui semblait que sa peau fondait. Que sa tête et son cœur explosaient. Que le désert tout entier s'embrasait et lui passait au travers du corps.

✳

Le lendemain matin, la police identifia la carcasse tordue et carbonisée du quatre roues. Mais autour de ce qu'ils appelèrent le lieu de « l'accident » ne se trouvait aucune trace du fils Winthrop. Ni corps, ni parcelle de tissu ou de sang, ni morceau d'os ou de peau…

Baârka

La dernière fois que Paul s'était réveillé avec un aussi gros mal de tête, il était âgé de 12 ans et avait passé la soirée à boire les fonds de verre de porto des amies de sa mère.

Il crut d'abord qu'il se trouvait dans son appartement, situé au-dessus des luxueux garages où son père entreposait ses Ferrari et ses Rolls-Royce. Mais outre qu'il n'entendait ni le gazouillis des oiseaux du jardin anglais ni les domestiques qui se chamaillaient en espagnol, il ne sentait pas non plus l'odeur merveilleuse du café et des croissants français.

« J'ai faim ! » fut sa seconde pensée consciente.

Un cri bref et aigu qui commençait à lui être familier retentit. Le cerveau engourdi, il battit des paupières.

La silhouette du garçon inconnu de la veille se profilait devant une lucarne creusée dans un mur de pierres.

Paul grimaça, car une odeur nauséabonde flottait dans la pièce.

— C'est ton poncho qui pue comme ça ?

Il remarqua que le singe tremblait de tous ses membres. Sa fourrure gris argenté tressaillait comme si ses os s'entrechoquaient sous sa peau.

Hissant son visage à la hauteur de la lucarne, Paul réalisa qu'il était plus grand et costaud que son « ravisseur ». Cette observation lui apporta une bouffée d'orgueil réconfortante. Mais ensuite, il se rappela comment le garçon avait sauvé le patron du casse-croûte au péril de sa vie, et comment il l'avait lui-même tiré des flammes.

— Ça pue, dis donc ! répéta-t-il.

— Ils brûlent des corps, répondit l'inconnu.

Ramené brusquement à la réalité, Paul écarquilla ses yeux ronds et bleus, et fit le point sur le ciel lugubre qui se détachait des bâtiments situés en face de l'endroit où, selon toute vraisemblance, ils avaient été enfermés.

— Des… corps !

Complètement réveillé cette fois, il prit le temps d'analyser sa situation.

— Nous avons été enlevés, c'est ça ! Et nous sommes retenus prisonniers dans un endroit où… ils brûlent des corps ?

Il colla son nez entre les barreaux, vit des hommes en train d'empiler des cadavres les uns sur les autres. Ils approchèrent ensuite des torches et y mirent le feu.

Chad était adossé au mur. Les bras croisés sur sa poitrine, la tête inclinée sur sa gorge, il ressemblait à une statue inquiétante.

— Il faut que je sorte d'ici, bredouilla Paul. Et puis, j'ai envie...

Chad lui montra, dans un des angles de la pièce, le trou creusé dans le plancher.

— Ce sont des toilettes, ça ? ironisa Paul.

Chad tendit le menton en direction de la lucarne, et, parlant de ce qui se passait dehors, laissa tomber :

— Yegor Thoroum règle ses affaires.

Paul regardait toujours, catastrophé, les toilettes de leur cellule.

— Thoroum ?

Chad prit Sheewa, la serra dans ses bras, lui caressa la tête.

— Tout va bien.

Des milliers de questions se pressaient aux lèvres de Paul. Une seule parvint à sortir de sa bouche.

— Bon sang ! Mais où sommes-nous ?

— Baârka.

— Baâr... quoi ?

Chad haussa les épaules. Il expliqua ensuite que Baârka était la capitale du royaume-continent d'Ancépalomie, la terre où régnait en maître le tyran Yegor Thourom.

Incrédule, Paul intégra ces deux mots nouveaux à son vocabulaire.

— Mais, répéta-t-il, où sommes-nous ?

Chad glissa sans un bruit jusqu'à la porte de leur cellule. Il colla son oreille contre le battant.

— Il se passe des choses...

« Ah bon ! » était tenté de répondre Paul avec un brin d'ironie. Au lieu de cela, il écouta encore les bruits qui provenaient de l'extérieur. Apparemment, ils se trouvaient dans une vaste cité grouillante de gens. Ce bâtiment où ils étaient enfermés était donc une prison municipale.

Un garde portant un casque qui cachait son visage au complet débloqua la serrure et céda le passage à une jeune fille de race noire.

Âgée d'environ 16 ans, elle portait des lunettes sur le nez et un plateau en bois dans les mains. Dessus se trouvaient une cruche en terre cuite, deux quignons de pain et une assiette remplie d'une mixture noirâtre qui sentait vaguement le ragout de haricots écrasés.

Vêtue d'une robe de coton beige élimée aux hanches et serrée à la taille par un cordon en serge noir, elle semblait tout droit sortie d'un film historique médiéval. Paul songea qu'il se trouvait peut-être par erreur sur le plateau de tournage d'une télésérie que l'on tournait dans le désert de l'Arizona.

Tout cela était donc une erreur.

Il voulait tellement y croire qu'il tendit le cou et chercha, derrière le garde, s'il ne voyait pas une caméra et un type munit d'un porte-voix qui aurait crié : «C'est bon, coupez! Pause déjeuner!»

La fille noire posa le plateau sur le sol et fit demi-tour.

Paul avait la mémoire des visages.

— Hé! Mais je vous connais! s'exclama-t-il. Vous êtes la fille de l'affiche!

La servante était grande et mince. Paul se dit que si elle n'était pas Africaine, elle devait sûrement venir des Caraïbes. Ses traits étaient bien découpés, ses lèvres pleines et ses dents légèrement en avant. Ses paupières étaient légèrement violacées et gonflées, comme si elle était épuisée ou alors sous l'effet d'une drogue puissante.

Il tendit sa main, mais le garde le repoussa brutalement avec un bâton au bout duquel était accrochée une pierre qui lançait des étincelles.

L'adolescent hurla sous la décharge électrique.

— Réveille-toi de ce cauchemar, Paul! s'exclama-t-il, désespéré, en se donnant des claques dans le visage.

Le garçon inconnu restait debout, les bras croisés, sans rien dire. Cette attitude commençait à énerver le jeune blond.

Ils se regardèrent.

— Baârka, répéta Chad comme si ce mot expliquait tout.

Paul se mordit les lèvres et déclara que tout ceci n'était qu'un affreux malentendu. Après s'être réveillé, il passerait un coup de fil. Son père allait les tirer de ce mauvais pas.

— Ça m'apprendra à faire l'intéressant, se lamenta l'adolescent. J'aurais mieux fait de rester assis, comme d'habitude, devant mon ordi!

Il fouilla dans ses poches...

— Mon cellulaire! s'exclama-t-il.

Son portefeuille aussi avait disparu. Dire qu'il lui restait au moins 40 dollars, sans compter toutes ses cartes de crédit!

Le plateau de nourriture lui faisait de l'œil. Cauchemar ou pas, Paul avait toujours faim. Il prit un quignon de pain, mais Chad saisit son poignet.

La force de ce garçon, qui semblait pourtant n'avoir pas plus de 15 ans, était incroyable!

— Non, fit Chad.

Il déchiqueta le premier quignon, puis le second.

— Tu es fou! Qu'est-ce que tu fais? se récria Paul.

Ne trouvant rien à l'intérieur, Chad prit la cuillère en bois et vida le contenu de l'assiette dans le trou puant des toilettes.

Lorsqu'il découvrit le petit morceau de parchemin mélangé à la bouillie de haricots, il le remit à Paul qui le nettoya avec ses pouces comme s'il s'agissait d'un microfilm d'espion.

«Danger. Poison. Tenez-vous prêts», lut-il.

Il leva la tête.

— Qu'est-ce que ça veut dire?

Chad le regarda à travers le filtre de ses longs cils.

— Tu ne rêves donc pas, toi!

Puis il plaqua brusquement Paul contre le mur. Il y eut une explosion. La porte de la cellule fut arrachée de ses gonds.

La poussière retomba. Un tumulte et des cris montaient de toutes parts, des gens allaient et venaient dans le corridor. La fille noire à lunettes reparue et dit :

— Suivez-moi!

Paul avait plus que jamais l'impression de se retrouver dans un film fantastique. Il savait pourtant que les chances que ce fut vrai étaient minces. Oubliant sa faim, il se présenta :

— Je suis Paul.

La fille le toisa : grand, blond, un sourire de jeune acteur au bord des lèvres, idiot sur les bords…

— Tu es plutôt le bel Apollon du quartier! répliqua-t-elle, méprisante.

Elle dit au garçon inconnu : «Tiens, voilà tes affaires!», lui remettant son sabre, une ceinture munie de pochettes agrémenté d'un cordon de soie rouge et un sac à dos en toile épaisse. Puis elle se retourna vers Paul, lui rendit sa montre, son portefeuille, son téléphone cellulaire, et lui lança un pistolet en acier noir.

—Tire sur tout ce qui porte un casque! ordonna-t-elle. Ça va chauffer!

L'insurrection

3

Un soldat se présenta dans la ligne de mire de Paul. Voyant que l'autre le prenait pour cible, le jeune blond releva son arme et appuya sur la gâchette. Une vibration sourde, mais terrifiante jaillit de l'arme. Projeté à 10 pas, l'homme s'écrasa contre la paroi de pierre.

— C'est un lance-tonnerre, expliqua la fille.

Paul tremblait comme s'il tenait une grenade dans ses mains. Chad saisit Sheewa et la mit à l'abri sous son poncho. Entraînés par une foule qui vociférait et brandissait des pics, ils suivirent leur guide.

Ils atteignirent un palier de marbre.

— Par là, nous gagnons les salles d'apparats du palais, dit la jeune noire. Par ici… (Elle indiqua du doigt un passage ouvert derrière un panneau), nous…

Séduit par son attitude, Paul lui demanda son prénom. Mais la fille rétorqua que le moment était mal choisi pour se présenter.

Ils entendirent de nouveau l'effrayante vibration emplir l'air autour d'eux ; preuve, selon elle, qu'il fallait déguerpir au plus vite.

— Tu connais cet endroit ? s'enquit Paul.

La fille lui fit signe de se taire.

— Écoutez…

Les clameurs de bagarre allaient décroissant.

— Thoroum a des ennuis, fit Chad.

— À mon avis, répliqua Paul pour essayer de détendre l'atmosphère, nous sommes dans le même bateau.

La fille noire leur envoya un regard sévère et courut jusqu'à un corridor dont le plafond était nappé de roches. Elle tenait un sceptre doré dans sa main. Constitué d'une croix double terminée, à chaque extrémité, par un nœud en métal, cet Ankh semblait surgir d'un passé lointain. Chad remarqua que les jointures de la fille étaient serrées sur le manche comme si sa vie dépendait de cet objet.

— Nous devons trouver le cercueil de pierre, déclara-t-elle.

— Holà ! s'exclama Paul. Qu'est-ce que c'est que cette histoire de cercueil ?

La fille lança un nouveau regard désapprobateur à Chad. N'avait-il rien expliqué à ce grand Apollon imbécile ! Considérant la mine renfrognée de Paul, elle convint qu'ils étaient effectivement — hélas —, « dans le même bateau ». Puis elle se remit à courir.

— Vraiment charmante ! dit Paul, déconcerté. Tu la connais ?

Chad se décida enfin à s'expliquer. Il parla de rêves et d'une voix de femme. Pas de quoi éclairer le pauvre Paul qui était hier chez lui entouré de domestiques… et qui se retrouvait aujourd'hui paumé dans les souterrains d'un palais plein de soldats armés de revolvers vibratoires capables de vous envoyer valser dans les airs.

Ils foulèrent un sol marécageux.

Paul réclama d'autres éclaircissements.

Pour toute réponse, la fille «alluma» son sceptre d'or. Apparut un ensemble de bâtiments faits à la fois de pierre de taille et de roches naturelles.

— Ces souterrains sont antérieurs à la construction du palais du roi Yegor, dit-elle.

Son accent sonnait bizarre à l'oreille de Paul. Quant à celui du garçon inconnu! Mais le jeune blond venait lui-même de l'Arizona et sa manière de s'exprimer était très différente de celle utilisée, par exemple, sur la côte est.

Un énorme saurien jaillit de derrière un rocher. Terrorisé, Paul brandit son arme. Mais il tremblait tellement que Chad la lui prit des mains et se débarrassa de la bête. Sheewa sortit sa petite tête poilue, tira la langue : sa manière à elle, sans doute, de se moquer du crocodile!

Paul aussi ouvrit la bouche. Mais demander d'autres explications ne servirait à rien : ses deux compagnons se remettaient à courir.

— Hé! Attendez-moi!

Ils passèrent sous une arche colossale, se retrouvèrent dans une cour souterraine semée d'autres voûtes plus petites, de degrés en pierre et de murets décorés de fresques.

Paul et la fille noire paraissaient à bout de force. Mais Chad n'était même pas essoufflé! Il faisait trop sombre, malgré l'éclat surnaturel émanant du sceptre, pour voir si sa peau était mouillée de transpiration.

Paul réclama un verre d'eau fraîche.

La fille haussa les épaules. Est-ce que cet endroit ressemblait à un Club Med ?

Elle se présenta enfin :

— Je suis Penilène. Surtout, ne m'appelez pas Penny, je déteste. Et, franchement (elle fixait Chad avec sévérité), je pensais que tu lui aurais expliqué ?

Son arme vibratoire à la main, le jeune asiatique surveillait leurs arrières.

— Yegor a dépassé les bornes en faisant condamner à mort les ouvriers qui se sont plaints de travailler trop fort à la construction de sa tour, dit Penilène. La peur que le roi exerce sur son peuple a des limites, et…

Elle s'interrompit, répéta qu'il était incroyable que l'« Apollon » n'ait pas été mis au courant.

— J'ai échoué, avoua Chad.

Paul voulut savoir en quoi. Mais d'autres sauriens rampaient vers eux à toute allure.

Chad dégagea la voie en les repoussant avec le lance-tonnerre.

— Si je me rappelle les confidences du roi, poursuivit Penilène, ils l'ont caché dans une de ces salles.

— Caché quoi ? demanda Paul, exaspéré.

Elle pointa tour à tour son sceptre sur les arches massives qui se dessinaient dans la pénombre.

L'air était glacial. Paul claquait des dents dans sa petite veste de daim, sa chemisette, sa paire de jeans brun et ses tennis de marche. Il se tourna vers Chad. Comme s'il répondait à une ancienne question, le garçon inconnu lui révéla comment il pouvait l'appeler.

— Chad? répéta Paul. À la bonne heure! Je sens que nous progressons.

Il souriait, mais il avait toujours aussi faim et soif.

Tandis que Penilène et Chad inspectaient les chambres vides, Paul se détourna pour uriner contre un mur.

— Ne regardez pas, demanda-t-il, pudique. Ça me déconcentre.

Il était 14 h 36 à la montre de Paul. En imaginant que ses compagnons puissent récupérer le fameux cercueil, peut-être pourraient-ils le raccompagner chez lui à temps pour le souper. S'il rentrait sain et sauf au ranch, il promettait, bien sûr, de ne jamais parler à quiconque de cette abracadabrante histoire de fous.

— Elle est là! s'écria soudain la jeune noire.

Quand il aperçut le «cercueil», Paul comprit vraiment, pour la première fois, qu'il était très loin de chez lui...

La fille dans la pierre

4

La longue pierre était posée à même le sol. Penilène s'en approcha et passa dessus la lueur émanant du sceptre.

Grise et marbrée de lignes noires, elle ressemblait à un menhir de Grande-Bretagne.

Paul posa sa main.

— Il fait froid dans la pièce, dit-il. Pourtant, la pierre est chaude.

Penilène haussa les épaules.

— Bien sûr ! Il y a quelqu'un à l'intérieur.

Paul détailla le cercueil au niveau de la « tête » et faillit s'étrangler, car, plus translucide dans sa partie supérieure, la pierre laissait bel et bien paraître le contour d'un visage.

— C'est une fille, expliqua Penilène. Elle est arrivée au palais à peu près en même temps que moi.

Chad se tenait en retrait, adossé au chambranle. Sheewa montrait de temps en temps le bout de son nez par le col de son poncho.

— Cette fille a été enlevée, elle aussi ? demanda Paul.

Penilène tournait autour du cercueil. Cherchait-elle un moyen de l'ouvrir ?

— Qu'est-il arrivé ? renchérit le blond.

— Elle n'a pas bien réagi.

Paul se demanda s'il y avait une bonne façon de réagir à un enlèvement.

Penilène expliqua que cette fille s'était montrée agressive. Voilà pourquoi, au lieu de lui faire absorber la drogue d'esclavage, Yegor avait préféré demander à son homme de confiance de l'emprisonner dans un cercueil de pierre.

— Si elle avait été plus maligne ou moins agitée, poursuivit la jeune noire, ensemble, nous aurions pu...

Des bruits de pas les avertirent d'un nouveau danger.

Penilène éteignit son sceptre.

Une demi-douzaine d'individus passa en silence à quelques pas. Les paroles qu'ils échangèrent effrayèrent la fille.

— Mon Dieu, laissa-t-elle tomber. La voix dans ma tête disait donc vrai ! Les rebelles veulent...

— J'ai compris, la coupa Chad.

Elle le retint par un bras.

— N'oublie pas que parmi eux se trouve celui qui porte le casque ailé.

— J'ai vu.

Le groupe disparut dans une autre cour souterraine.

— Moi, se plaignit Paul, je n'ai rien compris. Si vous m'expliquiez !

— On ne peut pas la laisser ici, décréta Penilène en parlant de la fille emprisonnée dans la pierre.

Chad fit mine de soulever le catafalque, sans pouvoir, hélas, le bouger d'un millimètre. Penilène approcha alors son sceptre, le ralluma...

L'objet se fixa sur la roche comme un aimant. L'instant d'après, le menhir se souleva sans effort.

— Et bien, quoi? s'impatienta-t-elle devant l'air ahuri de Paul.

— Tu tiens dans ta main une sorte de contrôleur de masse et tu ne t'étonnes même pas!

Penilène rajusta ses lunettes sur son nez. Elle dirigea le cercueil par la poignée du sceptre et le donna à Chad. Un coup d'œil au blond la fit sourire : cela faisait longtemps qu'elle ne s'étonnait plus de rien dans ce monde!

— Suivons-les.

Paul la vit prendre le même chemin que le groupe d'individus.

Chad remorqua sans effort le cercueil derrière lui.

— Je suis chez les fous! se désespéra Paul.

Ils n'eurent pas à aller bien loin pour rattraper ceux que Penilène appelait des rebelles.

Un cliquetis familier à l'oreille de Chad le prévint que ces gens-là n'appréciaient pas d'avoir été suivis.

— Cachez-vous derrière la pierre! s'écria-t-il.

Des traits lumineux frappèrent le cercueil qui se mit à grésiller.

— Nous ne sommes pas vos ennemis! leur lança la jeune noire.

Pour le prouver, elle leva les mains au-dessus de sa tête et se plaça devant le menhir.

— À mon avis, murmura Paul, cette fille est dingue.

Les rebelles s'étaient agenouillés devant une immense paroi. Trois d'entre eux fouillaient dans leurs sacs. Les autres se tenaient derrière de longs boucliers luminescents.

Celui qui portait un casque orné de cornes les apostropha :

— N'approche pas !

Paul n'était pas sûr de saisir le sens des paroles échangées. Lui qui était toujours premier de classe, il enrageait de ne rien comprendre à la situation. Les yeux au plafond, il avait du mal à se faire à l'idée qu'au-dessus d'eux se trouvaient une forteresse, et, tout autour, une grande cité.

— Je sais ce que vous êtes venus faire ici, dit Penilène aux rebelles. Seulement, comment comptez-vous vous échapper ensuite ?

Au silence des comploteurs, Chad comprit qu'ils n'avaient pas eu l'intention de fuir. Son instinct lui cria qu'ils étaient en danger.

Il donna le sceptre à Paul et se jeta sur Penilène.

Un instant plus tard, les rebelles tirèrent sur la fille qu'ils manquèrent de justesse.

Si les bruits et le scintillement des tirs lumineux effrayaient les sauriens, ils risquaient aussi d'attirer les gardes du roi. Penilène pensait leur avoir échappé, mais Chad savait qu'elle se trompait.

Une minute plus tard, la cour fut illuminée par une source de lumière 10 fois supérieure à celle du sceptre. Apparurent au grand jour d'anciennes colonnades dressées, des arches taillées, des pans de mur gravés de bas-reliefs. Et, surplombant le tout, un plafond composé de roches pointues prête à se détacher à tout instant.

— Je suis bien aise de vous revoir, déclara un homme de haute taille qui avança devant ses soldats.

À cette distance, on ne voyait de lui que sa cape et ses vêtements rouge sombre. La position de son corps suggérait qu'il s'appuyait à deux mains sur le pommeau d'une canne. Pourtant, il ne semblait pas dépasser les 35 ans.

Penilène murmura qu'il s'agissait de Vikram Estrayan, le conseiller du roi Yegor ; une sorte de magicien ténébreux qui en imposait à tous dans le palais.

— Je vois, reprit Estrayan, que vous êtes tous les quatre réunis.

— C'est lui qui nous a enlevés, murmura la jeune noire.

Chad observait tour à tour les soldats et les rebelles. Il vit l'un d'eux sortir une boule de lumière de son sac, puis la déposer avec maintes précautions au pied de la muraille.

— Reculons doucement, conseilla Penilène.

Les soldats se déployaient en demi-cercle à une distance d'environ 50 pas. Chad ne voyait aucune issue possible. Il reprit le sceptre des mains de Paul et recula vers les rebelles.

Ce n'était pas la chose la plus prudente à faire. Mais comme l'avait dit la jeune noire, elle vivait au palais depuis des mois. Cela valait peut-être le coup de lui faire confiance…

— Oui, nous sommes quatre, répondit-elle, narquoise.

— Je constate aussi que la drogue d'esclavage n'a pas eu de réels effets sur toi!

— Ça se voit! rétorqua-t-elle avec une morgue qui en imposa à Paul.

Ils rejoignirent les rebelles. Celui qui portait le casque ailé semblait avoir à peu près leur âge. À sa grimace, il était clair que la présence de ces intrus gênait ses plans.

Vikram Estrayan contemplait les rebelles qui tombaient enfin dans ses filets, et les quatre humains qu'il avait fait venir du « monde d'au-dessus ». C'était une chance à ne pas manquer !

Il ordonna aux seconds de le rejoindre.

— Si vous voulez continuer à vivre, bien sûr…

Paul avança d'un pas, mais Penilène le tira en arrière.

— Mais, je…, se plaignit le blond.

Car même vêtu de rouge et drapé dans une cape de carnaval, Estrayan n'avait pas l'air de plaisanter.

Le magicien tendit sa canne à un de ses hommes. Puis il leva ses bras. Aussitôt, le sol se mit à trembler. La vibration se répercuta à certaines roches qui pointaient du plafond dans leur direction.

— Croyez-moi, ces rebelles sont des monstres, expliqua Estrayan. Ce qu'ils complotent est un crime contre les centaines de milliers d'honnêtes citoyens de notre cité. Dans votre monde, vous diriez que ce sont des terroristes.

Sans s'en douter, Penilène fit le geste qui allait décider de leur avenir à tous les quatre.

Elle sortit de sa robe une pierre polie en forme d'œuf contenant une sorte de liquide brillant, et la posa sur le sol. Sitôt libéré de ses mains, l'objet s'éleva à une dizaine de centimètres et se mit à luire.

Ce qui se produisit ensuite défiait l'imagination…

L'œuf ouvre-monde

Une explosion silencieuse retentit. Sans aucun danger pour les humains, elle « creusa » l'air ambiant.

Paul se rappela ses recherches sur Internet, dans des sites scientifiques, particulièrement ceux parlant de physique — matière où il excellait. Et il songea que le phénomène ressemblait à l'effondrement d'une étoile en miniature. Il y eut une gerbe de lumière intense pendant quelques secondes. Lorsqu'ils rouvrirent les yeux, ils constatèrent qu'entre eux et le groupe de soldats s'élevait un mur de matière transparente mais d'aspect visqueux.

Paul se demandait d'où venait cette membrane, quand le garçon portant le casque ailé laissa tomber, béat d'admiration :

— Un œuf ouvre-monde !

Explication qui n'aida en rien le jeune blond.

Penilène déclara qu'elle l'avait volé au roi Yegor et qu'ils étaient « sauvés ».

Peu après, la paroi de roche fondit comme du chocolat, et un étroit corridor fait de la même matière gélatineuse se déploya.

Ils entendirent Vikram Estrayan gronder un pathétique : «Ils s'enfuient !»

Chad s'engouffra dans le couloir subdimensionnel. Les autres le suivirent et quittèrent les soubassements de la forteresse pour un ailleurs mystérieux.

✳

Vikram Estrayan était l'unique conseiller du roi Yegor. Dès que la paroi visqueuse générée par l'œuf se fut dissoute, il courut vers l'endroit où se tenaient un instant plus tôt les rebelles et les quatre étrangers.

Ses hommes le virent s'agenouiller et placer dans une boîte de métal une boule de matière tirant sur l'argenté.

Ensuite, il ordonna à tous de regagner la surface.

Vikram Estrayan n'appartenait pas à un monde en particulier. En fait, il aimait dire qu'il était de tous les mondes à la fois. Enfin, au moins des trois premiers univers connus ! Ayant roulé sa bosse un peu partout, il était le seul homme, dans le monde dit du Soleil de cendre, à avoir vécu dans les deux mondes «au-dessus». Il avait possédé les moyens de passer d'un univers à l'autre. Après avoir vécu des revers de fortune, il s'était mis au service du roi. Cette alliance lui était nécessaire pour réaliser leur projet commun. Vikram traversa la salle du trône. La vue de plusieurs cadavres portés par des soldats ne l'émut pas. Il vivait depuis assez longtemps pour avoir assisté à toutes sortes de rébellions, de guerres et de révolutions. Peu importait qui gagnait, elles se terminaient presque toujours par un grand nettoyage.

Parvenu devant le dais royal, il le contourna, souleva la lourde draperie et s'engagea dans un couloir étroit et haut de plafond. Il songea avec malice que ce couloir ressemblait un peu à celui qu'avaient emprunté les rebelles pour s'enfuir. Comme eux, Vikram allait déboucher dans un endroit très différent du monde où vivaient les hommes ordinaires.

La pièce secrète où l'attendait le roi Yegor ne comportait aucune fenêtre. Les murs, comme le plancher et le plafond, étaient tapissés de feuilles composées d'un métal tirant sur le cuivre. Vikram savait que cet alliage n'était qu'une copie du noble métal utilisé autrefois en Atlantide : l'orichalque.

Le monarque croyait-il que s'exposer une heure chaque jour aux vibrations combinées de l'alliage pouvait augmenter sa vitalité, sa capacité de concentration, et même rallonger sa vie ? Vikram savait que les anciens empereurs de l'Atlantide en étaient persuadés.

Yegor se tenait entre plusieurs caissons vitrés.

Tout en faisant sa révérence au roi, Vikram se retint de sourire. Car en vérité, tout ce que ce roi savait de la grandeur des civilisations passées ainsi que de celles qui s'épanouissaient dans le deuxième monde — celui dit du soleil d'Or — venait uniquement des voyages et des connaissances de son conseiller.

— Majesté, commença Vikram, les rebelles et les quatre jeunes nous ont échappé.

Il vit avec une certaine jubilation les traits grossiers du roi se figer. Yegor Thourom pensait-il vraiment qu'enlever ces quatre jeunes et détruire la rébellion pouvait se faire en claquant des doigts!

« Il l'a cru et le croit encore, se dit Vikram. Il sait que je m'occupe de ces deux affaires, et il espère que je vais régler tous ses problèmes. Les rois sont décidément aussi crédules que leurs sujets. »

Yegor Thourom était de taille moyenne. Mais son corps noueux et son poitrail musclé lui donnaient des airs de seigneur de guerre mongol. Son visage était rond et gras, son crâne chauve. Ses yeux, petits et renfoncés dans leurs orbites, faisaient peur, car leur couleur était trouble ; ni brun ni vraiment jaune, avec des reflets rouges quand il se mettait en colère.

Ce qui, étonnement, n'était pas le cas en ce moment, même si Vikram revenait les mains vides.

Le monarque était vêtu d'un pourpoint de cuir noir clouté et d'un harnachement contenant deux courts fusils vibratoires.

Le roi avait donc lui-même combattu aux côtés de ses hommes! Il fallait reconnaître que Thourom était aussi courageux que fin politicien. C'était une des raisons pour lesquelles il avait réussi à se hisser sur le trône du continent ancépalomien.

— Majesté, répéta Vikram en jetant un regard intéressé du côté des vitrines qui entouraient le roi, je vous ai ramené… ceci.

Il sortit précautionneusement de son sac la petite boule de foudre. Le roi recula, effrayé. Puis, il vit les reflets violacés qui pulsaient à la surface de la boule.

— Je l'ai désactivée, bien sûr, le rassura Vikram.

Le roi prit la boule des mains gantées de Vikram et la posa sur un écrin de velours au milieu d'autres objets semblables, dont un masque effrayant aux pouvoirs très particuliers.

Le roi nota le regard intéressé de son homme de main, et dit :

— Tzardès est un de nos anciens héros. Grâce à ce masque, il avait, dit-on, le pouvoir de tromper ses ennemis.

Il tapota la vitrine contenant les boules de foudre.

— Je vous suis reconnaissant de m'avoir ramené celle-ci.

Ces objets, comme tous les trésors que Yegor gardait jalousement dans cette salle, provenaient d'une technologie très ancienne oubliée de son monde, et même de celui situé au-dessus d'eux.

— Seigneur, poursuivit Vikram, vous êtes sans grands efforts venu à bout des troubles fomentés par les rebelles...

Yegor expliqua en effet que les rebelles avaient profité du mécontentement créé par les dernières condamnations pour soulever une partie des citadins. Heureusement, ses soldats étaient efficaces et le calme était vite revenu. La police procédait en ce moment à des rafles, et l'armée avait sécurisé le périmètre entourant sa précieuse tour et le palais.

Yegor se campa ensuite devant son conseiller et lui reprocha de n'avoir pas ramené les quatre jeunes.

— Mon but premier était de les réunir, Seigneur, se défendit Vikram. Mon idée était ensuite de les relâcher dans la nature. Les événements l'ont fait à ma place...

Le roi maugréa tout de même qu'il n'était entouré que d'incapables.

Il était obsédé par sa «tour des Mondes» dont la construction n'avançait pas assez vite à son goût, et par cette crise de l'énergie qui paralysait le continent. De plus, son peuple commençait à réfléchir, ce qui n'était jamais bon pour un monarque doté des pouvoirs absolus. Enfin, les quatre jeunes «qui lui étaient si essentiels pour l'accomplissement de ses projets» s'étaient enfuis.

— En fuite, certes, le corrigea Vikram, mais pas perdus pour nous. Lorsque le moment sera venu, je compte même me servir d'eux pour écraser ces rebelles qui vous inquiètent tant!

Yegor comprit que son conseiller avait encore besoin de son aide. Se sentant d'humeur généreuse, il lui offrit de prendre dans sa collection tout ce dont il aurait besoin pour mener à bien sa chasse à l'homme.

— N'oubliez pas que vous ne disposez que de sept jours, pas un de plus. Après, il sera trop tard.

— Sept jours suffiront, Votre Majesté.

Vikram fit une rapide grimace qu'il eut la sagesse de cacher sous un sourire mielleux. Il passa ensuite de vitrine en vitrine et ne choisit que quelques boules de foudre et un œuf ouvre-monde. Pour le reste, ses propres pouvoirs suffiraient amplement.

— Je ne comprends toujours pas comment cette jeune noire a pu s'introduire dans cette pièce et me voler un sceptre et un œuf, se plaignit Yegor.

Vikram hocha la tête sans répondre, ce qui était dans ses habitudes quand il était soucieux. Mais il n'en pensa pas moins que ces «œufs», s'ils possédaient une mystérieuse puissance, ne fonctionnaient qu'un certain nombre de fois et pour un nombre limité de personnes.

— J'aurai également besoin d'hommes et de matériel, Majesté, ajouta-t-il.

Yegor hocha la tête, puis il le congédia. L'heure de sa méditation quotidienne arrivait. Il s'agenouilla sous la grande pyramide d'or suspendue au plafond et se laissa régénérer par les ondes subtiles émanant des feuilles d'orichalque.

✳

Chad et les autres réapparurent plusieurs kilomètres au nord de la cité, sur un plateau désertique dominant les derniers quartiers d'aspect miséreux.

La tête lourde comme s'ils venaient de descendre d'un ascenseur ultrarapide, les 11 jeunes s'étiraient et se tenaient la tête. Paul, pour qui tout dans l'univers n'était que chiffres et formules mathématiques, comptait huit rebelles plus eux trois. «Mais, en fait, se dit-il, en ajoutant la fille dans la pierre et le singe, nous sommes 13.»

Était-ce un chiffre porte-malheur ou porte-bonheur?

Il se força à se taire et contempla plutôt la cité de Baârka.

Contrairement à ce qu'il avait cru, elle n'était entourée d'aucune muraille d'aspect médiévale. Pourquoi donc avait-il l'impression que Baârka devait être une ville moyenâgeuse avec des chevaux, des donjons et des chevaliers?

Cette métropole ressemblait au contraire à n'importe quel grand centre urbain nord-américain. Elle avait un centre-ville avec des bâtiments plus haut que les maisons ordinaires, et des quartiers de banlieue. Elle était bâtie dans une plaine entourée de montagnes ressemblant à celles qui parsemaient le désert de l'Arizona. De son poste d'observation, les seules grosses différences que Paul pouvait constater tenaient en la quasi-absence d'avenues, et, surtout, dans la gigantesque tour noire qui s'élevait dans le ciel.

La tour était en construction. De l'endroit où ils se trouvaient, ils pouvaient voir des centaines d'ouvriers attachés aux poutres qui travaillaient tels des fourmis sur un hot dog. Le bruit qu'ils faisaient s'élevait en écho. Et, en vérité, s'il n'y avait pas eu ce ciel lourd et bas derrière lequel brillait timidement un soleil gris, cette ville aurait pu ressembler à Phénix, la capitale de l'Arizona.

Enfin, peut-être pas, se dit Paul. Mais à Chicago, sans son port ni le lac Michigan.

Autour de lui, ses compagnons gardaient le silence. Penilène avait l'air soulagée de s'être échappée. Chad tenait toujours le sceptre et la pierre dans laquelle l'autre fille dormait toujours. Sheewa, le singe femelle, courait et sautait sur le cercueil de roche. En fait, seuls les rebelles avaient l'air déçus.

Demetor, le garçon au casque ailé, était leur chef. Il observait la tour et le palais du roi avec ses jumelles, et se mordait les lèvres.

— Eh bien! déclara Paul, tout est bien qui finit bien! Non?

Demetor ôta son casque. Ses traits étaient crispés. Ses boucles blondes lui donnaient un air juvénile et naïf même si sa voix était grave et son regard, perçant. Malgré sa taille modeste, ce n'était plus un adolescent, mais bel et bien un homme et un chef.

Il était rouge de colère.

— Vous! explosa-t-il en se campant devant les quatre étrangers. C'est à cause de vous!

Chad se plaça d'instinct entre Paul, Penilène et les jeunes rebelles parmi lesquels se trouvaient trois hommes de plus de 20 ans.

Demetor montra la tour. Son problème, apparemment, était qu'elle tenait toujours debout.

Penilène s'avança.

— J'ai ici un œuf ouvre-monde et… (elle indiqua le cercueil de pierre) un sceptre Ankh doré. Si vous nous amenez jusqu'à une Porte des Mondes, ils sont à vous.

Une fois encore, Paul passait pour un idiot. « Porte des Mondes ? »

— Pendant que je faisais semblant d'être une esclave droguée, reprit la jeune noire, j'entendais Vikram et le roi parler. Il existe une ancienne porte dimensionnelle dans cette région. Je veux regagner mon univers.

Elle se tourna non pas vers Chad, mais vers Paul.

— Et lui aussi.

Elle exhiba l'œuf, dont la puissance ne pourrait qu'intéresser les rebelles, et ajouta :

— Vous semblez connaître la région, nous pas. Acceptez-vous mon offre ?

Demetor n'était pas d'humeur à négocier. Sa bombe n'avait pas explosé.

— Vous n'imaginez pas combien cette tour est dangereuse, rétorqua-t-il. Pour notre monde, mais aussi pour le vôtre !

Il s'approcha de Penilène.

— Pourquoi êtes-vous ici ? Pourquoi Lord Estrayan vous a-t-il enlevés ?

Penilène haussa les épaules. Paul ne savait pas quoi dire, alors il l'imita. Chad ne les quittait pas du regard.

Penilène attendait toujours la réponse de Demetor.

— Alors ? répéta-t-elle. Vous acceptez ou pas ?

La traversée

C'est au nord de la ville de Williams que se trouvent, géographiquement, les premiers reliefs couleur orange et sable du Grand Canyon. Étrangement, depuis qu'ils avaient quitté les hauteurs de la cité de Baârka, Paul avait presque l'impression de marcher dans un des paysages familiers de son enfance.

De temps en temps, ils voyaient des lézards zigzaguer entre les pierres chauffées à blanc. Pour la dixième fois au moins, le jeune blond crut revivre des pans entiers de ses meilleurs souvenirs de jeunesse.

Presque…

Ils marchaient à la file indienne entre des entablements de grès tirant sur l'ocre et l'orangé, et des champs de cactus. Demetor les avait placés au milieu de ses hommes. Non pour les protéger, mais parce qu'il n'avait aucune confiance en eux.

Penilène ne parlait plus, ce qui était à la fois inquiétant et agréable. Chad remorquait toujours derrière lui le menhir-cercueil au moyen du mystérieux sceptre d'or. Demetor avançait devant, et ses compagnons n'étaient pas plus bavards que lui.

Certains, Paul le sentait, étaient quand même curieux, et ils ne se gênaient pas pour leur lancer de fréquents coups d'œil.

Lorsqu'il avait finalement accepté la proposition de Penilène, Demetor leur avait distribué un peu d'eau et de nourriture — des galettes sèches et croquantes au maïs avec des bâtonnets de racines à mâcher.

«Rien qui puisse remplacer les bonnes pizzas, les gâteaux et les délicieux plats cuisinés au ranch, mais quand même… songeait Paul, ça fait du bien!»

Sheewa bondissait de l'épaule de Chad sur le menhir, et vice versa. Ses cris perçants agaçaient Penilène. Elle nettoyait souvent ses verres de lunettes, et essuyait son front avec un morceau de tissu arraché de sa robe. Paul croyait que les Noirs supportaient plus facilement la chaleur que les Blancs. Mais dans ce monde étranger, tout, décidément, lui paraissait bizarre et hostile.

Le singe poussa soudain un nouveau cri.

Un lézard d'environ un mètre de long traversa la piste à toute allure.

— Ces bestioles sont vraiment plus grosses que chez nous, murmura Paul à Chad.

Peu après, même s'ils ne voyaient jamais le soleil, toujours caché par le ciel uniformément gris et lourd, ils s'arrêtèrent, recrus de chaleur et de fatigue.

Demetor consulta sa carte. Paul et Penilène s'approchèrent de lui.

— Mais…, s'étonna le jeune blond, c'est une carte des États-Unis que tu as là!

Demetor le toisa avec froideur.

— Cette carte est celle du continent ancépalo-mien, rétorqua-t-il, catégorique.

Paul n'en croyait pas ses yeux. Il n'était pas fou ! Il reconnaissait parfaitement les contours de la Californie, ceux du Golfe du Mexique, ceux de la Floride, de la côte est et même, plus au nord, ceux de la Nouvelle-Angleterre et du Canada.

Au centre du continent apparaissaient par contre des reliefs, des plaines et des villes qui lui étaient moins familières.

Une main se posa sur son épaule ; Penilène lui sourit pour la première fois.

— Ne cherche pas, l'Apollon, nous ne sommes pas dans notre monde, ici, mais dans une dimension parallèle.

Paul se passa une main sur le visage. Il regarda la jeune noire, Chad et son singe femelle, les hommes autour de lui. Puis, il avala difficilement sa salive. Ce que disait cette fille était simple mais aussi terrifiant.

Comprenant son désarroi, Penilène tenta de le rassurer : n'avaient-ils pas conclu un marché avec les rebelles ? Il existait ce qu'elle appelait une porte. Et cette porte les ramènerait bientôt chez eux.

Quelques minutes plus tard, Demetor décida que la pause était terminée. Il leur restait encore du chemin à parcourir avant d'atteindre leur camp de base, et l'après-midi touchait à sa fin. De plus, ils allaient bientôt devoir longer les rives d'un marécage particulièrement dangereux.

Paul marcha dans une sorte de torpeur glacée même si la température avoisinait les 40 °C à l'ombre.

Par de brefs échanges avec Penilène qui rechi-gnait à dépenser sa salive, il apprit que ces rebelles étaient d'anciens citadins de Baârka ou d'autres grandes cités du centre du continent. Ils formaient à présent des communautés de hors-la-loi vivant complètement repliées sur elles-mêmes dans des endroits escarpés, de profondes cavernes ou des forêts très denses pour échapper aux patrouilles royales lancées à leur poursuite.

Le niveau de civilisation de ce monde parallèle n'avait, et de loin, pas atteint le leur. Pourtant, s'il fallait en croire la jeune noire, la technologie n'y était pas inconnue.

— Ils n'ont ni téléphones cellulaires ni télé-vision ou satellites, dit-elle, mais ils s'instruisent, se divertissent et communiquent entre eux, mais différemment.

Paul avait encore si faim, il se sentait si contra-rié qu'il n'était plus certain de vouloir en apprendre davantage.

Il se tourna néanmoins vers Chad, qu'il trouvait sympathique malgré son manque de conversation.

— Tu m'as dit, avant qu'on ne disparaisse dans ce rocher aveuglant, que tu étais venu pour me pro-téger d'un grand danger. Et, tout à l'heure, tu as dit aussi que tu avais échoué dans ta mission…

Chad grogna une réponse indistincte.

Apparemment, ce garçon pas comme les autres qui se baladait avec un singe-araignée sur l'épaule et qui se battait aussi bien que les acteurs de kung-fu dans les films était originaire de ce monde au Soleil de cendre. Paul comprit vaguement que Chad était en quelque sorte guidé par ses rêves. Que c'est dans ses rêves qu'il avait rencontré — ou communiqué — avec Penny, et que c'était bel et bien pour le protéger d'un enlèvement qu'il avait quitté son monde natal et échoué sur l'autoroute 40 de l'État de l'Arizona.

Arriva un moment où Paul n'eut même plus la force de poser des questions. Juste avant d'atteindre les berges de ce que Demetor avait appelé un «marécage dangereux», il imagina qu'il était de retour au ranch. Rosa, la cuisinière mexicaine, lui ouvrait les bras. Elle le trouvait amaigri et le teint pâle. Alors, elle lui préparerait des fajitas bien épicés pour le souper. Sa mère n'était pas à la maison, mais à une de ses nombreuses sorties entre femmes. Quant à son père…

Un clapotis le tira de sa rêverie.

— Là! fit un des rebelles en relevant son bouclier.

Paul crut que cet homme craignait d'être aspergé, car des bulles glauques montaient à la surface du marécage.

Ils progressaient sur de petits rochers glissants semés d'une végétation aux reflets violacés. Paul écarquilla les yeux et se rendit compte que ce qu'il avait pris pour le rivage d'un lac était véritablement celui d'un marécage.

Parsemée de rochers, l'étendue d'eau était plane. Des troncs d'arbres biscornus ressemblant à des palétuviers s'entremêlaient dans un désordre inquiétant. De sourds grognements montaient des profondeurs. Et, parfois, des vaguelettes venaient se briser à leurs pieds.

— Ne reste pas trop près du bord, le somma Demetor. Ces rives sont…

Sheewa poussa un cri d'alarme. Averti du danger, le jeune chef se retourna et tint sa lance à deux mains devant son visage. Le saurien jaillit des eaux et vint s'y empaler.

Déséquilibré par la surprise, un rebelle tomba dans l'eau.

Demetor se débarrassa de l'alligator qui gigotait au bout de sa lance, et tenta d'attraper le bras de son ami — en vain. Le rebelle disparut pendant quelques instants, puis il refit surface.

— Tendez-lui vos lances! ordonna Demetor.

Paul les regarda faire, impuissant, mais aussi décontracté d'une certaine manière. Avec la chaleur qu'il faisait, en quoi tomber dans l'eau pouvait être si dramatique puisque le monstre venait d'être embroché?

Chad déposa la pierre-cercueil et fouilla dans son sac. Il en sortit une corde qu'il fit tournoyer au-dessus de sa tête…

Le rebelle reparut à la surface. Il tourna son visage vers Paul qui hurla de frayeur.

Rongée par un acide très puissant, la figure du malheureux n'était déjà plus qu'une bouillie sanguinolente!

Autour, les remous se faisaient plus violents. Un second saurien géant émergea. Ses énormes mâchoires se refermèrent sur le rebelle.

Les autres semblaient changés en statues de pierre. Hébétés, Paul et Penilène se tenaient serrés l'un contre l'autre.

Demetor échangea un long regard avec Chad qui hésitait à faire feu sur le monstre, de peur d'atteindre le blessé.

Puis, il ordonna simplement de reprendre leur marche.

— Surtout, prenez garde !

Personne n'eut besoin de se faire répéter cette consigne.

La rive s'étirait sur des kilomètres. Souvent, elle disparaissait dans de profondes anses ou sous d'impressionnants lambeaux de brume.

— Il faut absolument dépasser le marécage avant la nuit, fit Demetor.

— Fallait-il aussi absolument passer par là ? lui reprocha Penilène.

Le chef rebelle ne daigna pas répondre. Si les étrangers voulaient survivre, ils n'avaient qu'à obéir.

Parfois, à la faveur d'une halte, Paul tentait de « voir » à travers le cercueil de pierre.

— Je discerne un visage, c'est vrai. Elle a l'air bien jeune…

La lumière baissait rapidement. Un rebelle alluma la pierre plantée à l'extrémité de sa lance.

— Nous ne verrons pas grand-chose avec une seule torche, grommela Penilène.

— Veux-tu attirer d'autres sauriens sur la rive ? s'emporta Demetor.

La jeune noire rajusta ses lunettes et fit la moue.

— Je suis sûre, dit-elle à mi-voix à Paul, qu'il y a une autre route…

Demetor ne supportait pas qu'on mette sa parole en doute. Croyait-elle qu'il préférait les voir périr plutôt que de les conduire jusqu'à la porte dimensionnelle ?

— Ce chemin est le plus sécuritaire si nous voulons éviter les patrouilles qu'envoie le roi dans cette région, rétorqua-t-il.

Peu après, soit la rive devenait trop glissante, soit Chad commençait à se fatiguer lui aussi, mais la pointe du rocher-cercueil glissa dans l'eau.

Paul se plaça à l'autre extrémité et tira avec Chad de toutes ses forces.

— Le sceptre perd de sa puissance, devina le jeune blond.

— Aidez-nous! s'écria Penilène.

Demetor ordonna au contraire à ses hommes de rester sur leurs positions. La nuit était tombée, et c'était l'heure où les monstres remontaient à la surface pour manger. Ils étaient aveugles, mais possédaient un odorat très développé, ce qui les rendait extrêmement redoutables.

— De toute façon, cette fille est déjà morte! se contenta-t-il de répondre.

— Elle est vivante, au contraire! s'obstina Penilène.

Elle avait entendu Vikram l'affirmer, une fois, alors que le roi s'inquiétait du sort de la fille.

Au même moment, la portion du rocher immergé commença à grésiller.

— Attention!

Les rebelles relevèrent instinctivement leurs lances-laser.

Un saurien, puis un second, apparurent et s'abattirent sur le groupe. Propulsés par leurs puissantes nageoires latérales, ils se déplaçaient à une vitesse incroyable.

Un homme fut écrasé sous le poids d'une des bêtes. Demetor planta sa lance dans une carapace. Un autre rebelle alluma son cristal et plongea sa pique directement dans la gueule de l'alligator.

Occupés à combattre d'autres sauriens, les rebelles demandèrent l'aide de Paul. Mais, terrorisés, Penilène et lui s'étaient juchés sur un rocher pour se mettre à l'abri.

Au milieu des cris et de la mêlée, nul ne fit attention à Sheewa qui rebondissait et grimaçait près de la jeune noire — et à Chad qui, toujours arc-bouté sur le cercueil de pierre, tentait de l'empêcher de s'enfoncer davantage.

Un alligator rampait en direction de Paul. Chad dégaina son arme vibratoire et repoussa le monstre dans le marécage.

Un autre hurlement retentit. Chad se pencha sur le menhir... et vit bouger des jambes !

Le cercueil se lézardait de toutes parts. Apparurent des hanches, un bras et un ventre... nus !

Une main se tendit vers lui. Chad attrapa le poignet. La roche fondait à vue d'œil. Un visage ovale et une chevelure brune s'en extirpa. La fille prisonnière dans la roche fixa Chad. Puis, elle se remit à hurler.

Chad la saisit sous les aisselles et la tira vers lui. La fille noua instinctivement ses bras autour de son cou. Il la sentait trembler contre lui. Avait-elle froid ou peur ? Complètement affolée, elle criait toujours.

Quand elle lui donna des coups de poing, Chad ôta son poncho, l'enroula à moitié dedans et la souleva sur son épaule comme un sac de pommes de terre. Elle faisait pleuvoir sur son dos une volée de coups de poings. Mais le garçon avait quand même une main de libre.

Il empoigna son revolver et visa les autres sauriens...

La chamane

Chad rêvait qu'il flottait dans un ciel rempli d'étoiles. Un vent tiède le berçait. Comme chaque fois qu'elle parlait dans sa tête, la voix de la boule de lumière ailée était douce et belle.

— J'ai échoué, fit l'adolescent, navré.

— Tu as fait de ton mieux. Tu as agi avec ton cœur.

La voix lui expliqua qu'un échec ou un succès dépendait surtout de la manière dont on voyait les choses.

— Tu es revenu dans le monde du Soleil de cendre, tu marches aux côtés de tes compagnons.

— Mais je devais empêcher l'enlèvement de Paul !

— Ne devais-tu pas plutôt le rencontrer ? C'est justement ce qui s'est produit.

— Je n'ai pas su le protéger.

— N'aie aucune crainte, d'autres occasions se présenteront.

Peu à peu, le ciel devint plus pâle. Les étoiles s'estompèrent. À leur place apparut la mystérieuse boule de lumière ailée à l'intérieur de laquelle se cachait la voix. Les ailes se déployèrent. Une porte s'ouvrit dans le flanc cotonneux de la boule. Une silhouette féminine en sortit.

— Je m'appelle Vivia, dit la créature.

Chad clignait des paupières tant la luminosité était forte. Quelques secondes plus tard, il sentit qu'on lui prenait la main.

— Tu n'es plus seul. Je suis là, à présent…

Il se réveilla brusquement.

De retour dans ces paysages que Paul appelait « le Grand Canyon », Chad aspira une longue goulée d'air. La voix qui venait de lui parler était différente de celle qui avait dialogué avec lui durant son rêve.

On secoua son épaule.

Chad fit derechef à l'intrus une clef de bras paralysante dont il avait le secret.

— Ce n'est que moi ! geignit Paul.

Chad relâcha sa prise. Il avait si peu l'habitude de se laisser surprendre qu'il mit quelques secondes avant de recouvrer totalement ses esprits.

Après l'attaque des sauriens géants, ils avaient escaladé l'arête d'une colline rocailleuse. Puis, ils avaient traversé un bois de cactus, et finalement atteint un plateau semé de rochers empilés les uns sur les autres.

Entre les entablements avaient été plantées des tentes. Nul feu n'éclairait le camp des rebelles. Le silence était total et le ciel, toujours couvert de nuages cendreux, ne laissait transparaître aucune étoile.

Les deux garçons levèrent la tête au même moment… ce qui fit dire à Paul, un peu tristement d'ailleurs, qu'ils ne se trouvaient vraiment pas dans son Arizona natal. Car à cette latitude, durant les nuits d'été, il pouvait admirer des millions d'étoiles !

Chad l'écoutait distraitement en caressant Sheewa qui sommeillait dans ses bras. Il restait encore sous l'émotion de leur longue marche. Oh ! Les efforts eux-mêmes ne représentaient rien. Il avait l'habitude de marcher très longtemps sans s'arrêter ni se plaindre.

Ce qui le dérangeait était les derniers kilomètres. Dans le marécage, la fille qui dormait dans le menhir s'était réveillée. Et pendant qu'avait duré leur marche jusqu'au camp, Chad l'avait portée dans ses bras.

Pendant qu'il courait, il faisait déjà noir. La seule lumière provenait des cristaux qui rosissaient l'extrémité des piques des rebelles. Grâce à ces lueurs, Chad avait pu voir que la fille avait de longs cheveux sombres et des yeux d'une couleur indéfinissable. Peut-être un mélange de brun, avec du vert ou du gris dedans. Il ne savait trop. Et aussi un petit air à la fois ingénu et charmant.

Sur le plateau aride, des gardes rebelles allaient et venaient, surveillant le périmètre.

Paul soupira. Une faible lueur jaune émanait de son poignet.

— Ça fait plus de deux heures que les filles sont enfermées sous cette tente, ronchonna-t-il. Mais qu'est-ce qu'elles font ?

Très nerveux malgré son apparente nonchalance, il jouait avec son bracelet-montre et avec son téléphone cellulaire qui ne fonctionnait pas. Il avait vérifié l'intérieur de son portefeuille, et il lui restait bel et bien 40 dollars !

L'ouïe très développée de Chad le prévint d'une présence.

Demetor s'approcha d'eux dans le noir.

— Venez, dit-il d'un ton bref. Notre chamane veut vous parler.

Chad déposa Sheewa dans son poncho. Le singe-araignée battit des cils et le regarda avec tendresse.

— Ne crains rien, Sheewa, murmura-t-il. Je ne serai pas long...

*

La lueur voilée d'une lampe-tempête éclairait à peine l'abri de toile. L'intérieur était décoré par d'épaisses couvertures tissées de motifs colorés. D'un braséro posé sur une pierre plate montait un peu de chaleur.

Chad aperçut Penilène, assise, enveloppée dans une couverture jusqu'au menton. Il vit aussi la « fille dans la pierre », plus calme à présent, allongée sur le sol. Elle ne dormait pas vraiment, mais paraissait en transe. Demetor restait debout, les bras croisés sur sa poitrine, comme en attente de quelque chose. Enfin, la quatrième personne, une femme toute menue habillée d'une robe de daim brodée de perles, se leva pour prendre tour à tour les mains des deux nouveaux venus.

— Chad, dit-elle en saluant le garçon d'apparence asiatique.

Puis, s'adressant au jeune blond :

— Je suis heureuse de te rencontrer enfin, Paul Winthrop.

— Vous connaissez mon nom! s'étonna l'adolescent. Connaissez-vous aussi mon père?

— Veux-tu bien te taire, le sermonna Penilène, et écouter!

Paul se renfrogna. Cette fille ne manquait jamais une occasion de lui couper le sifflet.

Des bracelets cliquetaient aux poignets et aux chevilles de la chamane.

Si Chad se rappelait bien les conseils du Maître-abbé qui l'avait élevé et initié, les femmes natives du continent ancépalomien enseignaient une philosophie qui était très proche de celle qu'il avait lui-même étudiée au temple d'Ankhinor.

Aussi baissa-t-il la tête avec respect.

Les mains de la chamane étaient chaudes. Cette chaleur se communiqua à leurs corps, et leur fit le plus grand bien.

La femme se rassit, attendit quelques secondes que Chad et Paul s'installent autour du braséro…

— Alors! déclara sèchement Demetor à la chamane. Dis-nous pourquoi tu nous as fait venir!

Le symbole tatoué

8

Sous la tente planaient des arômes d'herbes et de tissus d'origines animales. L'odeur un peu terreuse des pierres chauffées à blanc sur le braséro venait s'y mélanger.

Demetor était perturbé. Rien, décidément, ne se déroulait comme il l'avait prévu. La tour du roi Yegor était toujours debout, et eux toujours vivants !

Quand il était rentré au camp, la chamane l'avait longuement serré dans ses bras en l'appelant « mon fils ». Cette étreinte, pourtant, n'avait pas calmé les angoisses du jeune chef.

La chamane s'adressa aux trois étrangers.

— Je m'appelle Xinéa. J'appartiens au vieux peuple des Chimoèques. Il y a quelques années, nous avons recueilli les habitants en fuite de Baârka. Le père de Demetor était leur chef. Depuis sa mort et la disparition de presque tous mes frères et sœurs, son fils dirige le groupe.

Agacé, Demetor fit claquer sa langue. Il s'était attendu à des révélations fracassantes et non à des explications. La chamane n'avait-elle pas prédit, avant son départ, que les choses ne se passeraient pas comme prévu ? Qu'un heureux événement pour leur cause était sur le point de se produire ?

Devinant les attentes de son jeune protégé et celles des trois étrangers, Xinéa se pencha sur la fille allongée, toujours en état de choc, et dénuda son épaule droite.

Sur un signe de la chamane, Demetor approcha sa pique de la fille. Le cristal éclaira le curieux tatouage incrusté dans sa chair.

— Voici le signe venu de Shamballa, murmura Xinéa. Le symbole de la quête du passage de chacun des trois mondes vers la lumière.

Tous tendirent le cou pour mieux voir.

La chamane posa son index osseux sur l'épaule de la fille.

— Le soleil et ses 12 rayons avec, à l'intérieur, les trois mondes ou univers. Le nôtre est gris, le leur — elle montra Penilène et Paul — est doré. Et le sien… — cette fois-ci, elle parlait de la fille en transe — est le monde de Shamballa, celui du Soleil de cristal. Ces sept taches qui entourent le soleil représentent les sept cristaux ou clefs perdues qu'il faut à tout prix retrouver.

La chamane se tut.

Son visage était large, parcheminé et creusé de rides. Au centre de ce labyrinthe luisaient ses yeux d'un bleu profond et hypnotique.

Elle se tourna vers Paul, Penilène et Chad.

— Mais vous connaissez déjà ce symbole, n'est-ce pas !

Penilène fut la première à remonter sur son bras le tissu de sa robe. Paul et Chad virent sur son épaule le même tatouage. Chad l'imita. Un peu gêné, le blond agit de même.

— Vous ne vous rappelez pas qui vous a fait cela et quand ? s'enquit Xinéa.

Chad plissa les paupières. Si les autres l'ignoraient, lui le savait. D'ailleurs, Xinéa ne le dévisageait-elle pas !

— Oui, dit-elle, toi, je sais que tu sais.

Elle ferma les paupières, inspira profondément.

— Ton Maître-abbé a imprimé ce symbole dans ta chair à l'issue d'une longue série d'épreuves. Il voulait savoir si tu étais prêt à te consacrer à cette quête… et tu l'étais.

Chad revit en pensée le visage bienveillant du sage qui l'avait élevé. Il avait dû fuir son temple en secret tandis que les autorités lançaient une attaque contre sa confrérie. Qu'étaient devenus ses condisciples et son maître ?

— Pouvez-vous nous en dire davantage à propos de ce symbole, Xinéa ? demanda doucement Penilène.

Paul, qui s'était réveillé un matin avec ce tatouage incrusté sur l'épaule, était aussi curieux qu'elle.

Xinéa hocha la tête et leur fit signe de se rapprocher encore.

Elle extirpa d'un grand fourre-tout un bol taillé dans un énorme os, y fit tomber des herbes et des épices. Elle mélangea le tout avec un peu d'eau. Puis, sortant un petit couteau à la lame recourbée, elle leur demanda à chacun la permission de leur entailler le petit doigt de la main gauche.

Chad tendit son bras le premier. Paul se sentit obligé de l'imiter. Seule Penilène rechigna et prétendit qu'elle refusait de se plier à un rite de magie noire.

— Non pas noire, amie, répondit Xinéa. Mais le sang, vois-tu, est un peu l'empreinte de l'âme. Rassure-toi. Ma magie est bénéfique.

Elle préleva une quatrième goutte sur l'auriculaire de la fille toujours évanouie et les mélangea à l'eau et aux herbes. Enfin, elle saisit une pierre chauffée à blanc avec une pincette en métal, et la déposa à l'intérieur du creuset. Un suintement vif retentit, suivi par une flambée étincelante. Un halo de brume mordorée se répandit sous la tente.

— Maintenant, dit-elle, concentrez-vous…

Chad était familier de ces rituels qui s'apparentaient à ceux pratiqués dans son temple.

Peu après, Xinéa se mit à parler.

— Chad… Bébé, tu as été abandonné par tes parents devant les grandes portes en bois d'un temple situé dans les montagnes du continent Thérasien, la chaîne dite du Toit du Monde gris, devant Chankra, la montagne sacrée. Tu es resté ainsi pendant trois jours et trois nuits, dans le froid et sans manger. Pourtant, tu as survécu. Ensuite, tu as été élevé par un moine. Il t'a enseigné la philosophie de ses frères, mais aussi tous les arts de combat et de survie dont ils sont les dépositaires depuis des siècles. Les cicatrices que tu portes sur tes avant-bras témoignent que tu es toi-même, malgré ton jeune âge, devenu un maître dans ces disciplines. Quand ils ont appris des sages de Shamballa que tu étais un des quatre jeunes choisis, ils t'ont imprimé dans la chair le symbole de la quête du passage des peuples vers la lumière.

Elle se tut, reprit son souffle.

— En un sens, Chad, ajouta-t-elle, tu te sens prédestiné à cette noble tâche.

Le garçon était impressionné par ces révélations. Pourtant, il ne broncha pas.

La chamane se tourna vers Paul. Le jeune blond sentait qu'elle allait parler du ranch et de sa famille, et il n'aimait pas ça.

Il surprit le petit sourire espiègle de Penilène, et cela le mit encore plus mal à l'aise.

La chamane décrivit sa vie d'étudiant modèle et celle de fils de l'homme le plus riche et le plus influent de l'Arizona. À l'école, tous le tenaient à l'écart pour cette raison. Paul Winthrop n'était pas seulement grand, costaud, blond avec des yeux clairs, c'était un fils de milliardaire et un «nerd». Autant dire un drôle d'animal dont personne ne voulait devenir l'ami, sauf, peut-être, les autres fils à papa qui le jalousaient parce qu'il avait toujours plus qu'eux et que ses notes étaient meilleures que les leurs. Et aussi les filles genre pimbêches vêtues à la mode qui n'avaient rien dans la tête. Des filles incapables de comprendre pourquoi il n'aimait pas être le fils de son père. Des filles qui se fichaient pas mal de ses théories scientifiques et de ses rêves d'avenir loin des affaires de sa famille.

— Un soir, Paul, poursuivit la chamane, tu étais désespéré. Alors, tu t'es enfui dans le désert. Tu as marché longtemps. Tu y as passé la nuit. À ton réveil, tu avais très mal à l'épaule. Tu n'as jamais su comment ce tatouage était apparu sur ta chair, n'est-ce pas ?

Elle rit doucement.

— Tu étais endormi quand la Dame de Shamballa, répondant à ta prière, est apparue dans le désert à tes côtés. Ce symbole est le signe que tu as le choix, Paul. Le choix de vivre ta vie et tes rêves en dehors des contraintes imposées par ton père.

Xinéa se pencha ensuite vers Penilène. Paul fixa la jeune noire dans les yeux. C'était son tour. Mais à voir son expression butée, Penilène allait sûrement interdire le déballage public de sa propre vie !

— Pouvons-nous faire ça… en privé ? demanda-t-elle.

Paul s'esclaffa.

— J'en étais sûr !

Penilène le fusilla du regard.

— Tu ne sais rien de mes raisons ! s'indigna-t-elle.

Xinéa hocha la tête et lui prit les mains.

— Nous pouvons faire ça en silence, si tu veux.

Paul ronchonna : ce n'était pas juste.

Pour accommoder tout le monde, Xinéa révéla seulement que Penilène vivait dans une ville appelé New York, qu'elle venait d'une famille d'immigrés dont elle avait en quelque sorte la charge. Que son père était mort et que sa mère était tombée malade peu avant qu'elle ne se fasse enlever.

Penilène expliqua elle-même qu'elle rentrait de l'école et du petit boulot à temps partiel qu'elle avait trouvé pour subvenir aux besoins de ses frères et sœurs quand on l'avait agressée dans un parc du Queens.

Paul restait songeur.

Demetor mit ses inquiétudes en mots.

— Ce serait pour les empêcher d'accomplir cette quête du passage des mondes vers la lumière que Lord Vikram Estrayan les aurait enlevés tous les quatre?

— Cette quête est essentielle, Demetor, approuva Xinéa. Pour chacun des trois mondes et pour leurs populations.

Elle s'agenouilla près de la fille qui battait nerveusement des paupières, lui passa un linge sur le visage, lui fit boire un peu d'eau.

— La Dame de Shamballa m'a bien prévenue. Vous avez le choix. Il n'est pas question, ici, de destin forcé ou de mission, mais de ce que vous avez dans le cœur.

Penilène parla la première.

— Je suis désolée, mais ma famille ne pourra pas survivre longtemps sans moi. J'ai été enlevée depuis des mois. Ma mère est peut-être morte, mon frère le plus turbulent en prison. Je dois rentrer.

Paul songeait à ses propres parents. Aux domestiques du ranch qui l'avaient aimé et, en quelque sorte, élevé.

Il sentait les yeux de Penilène posés sur lui. Il consulta Chad du regard, puis déclara en bredouillant qu'il devait lui aussi regagner l'Arizona et ses parents. Que c'était normal.

Ils savaient quelle était la position de Chad. Qu'en pensait la deuxième fille?

— Elle est incapable de prendre une décision et le temps presse, trancha Penilène, visiblement de mauvaise foi. Deux voix contre une. Nous rentrons.

Elle se campa devant Demetor.

— Je te rappelle que nous avons conclu un marché !

Quelques minutes plus tard, la seconde fille eut enfin la force d'articuler des sons. Après plusieurs essais, tous comprirent qu'elle s'appelait Vivia.

La porte dimensionnelle

9

Demetor n'était pas mécontent de faire ce petit détour. Non seulement il pourrait vérifier qu'ils n'avaient pas été suivis, mais il y gagnerait deux objets de valeur. L'arrogante fille noire semblait être une personne de parole. Il se retourna, sourit à ses amis rebelles qui le suivaient, mais sa gorge se serra : plusieurs d'entre eux étaient morts à cause des quatre étrangers. Et même si ces derniers portaient le tatouage de la « quête des cristaux perdus », comme disait la chamane, pourquoi devait-il s'occuper d'eux ?

« Je les amène à « la porte », j'empoche le sceptre et l'œuf ouvre-monde, et je regagne notre cité. »

Tel était son plan.

Demetor aimait appeler la communauté secrète — où son père, un ancien ingénieur de Baârka, les avait menés 10 ans auparavant — une « cité ». Bien qu'en vérité il s'agissait davantage d'un camp permanent caché dans les gorges d'une vallée tapissée de rochers.

Le soleil s'était levé deux heures plus tôt. Mais en parlant de soleil, se disait Paul, il était plus juste de parler d'une pâle lueur qui filtrait à travers une épaisse couche de nuages. Ce qui donnait au jour cette apparence froide et lugubre qui n'avait rien à voir avec la belle lumière qui baignait « son » Grand Canyon.

Ils avaient levé le camp et, depuis, ils marchaient en direction du nord sur un immense plateau semé de cactus. L'eau étant une denrée rare, ils n'avaient eu droit chacun qu'à une louche. Et déjà, Paul mourait de soif.

De temps en temps, il se retournait. Chad avançait derrière lui. Durant la nuit, ils s'étaient aperçus que Vivia, bien que revenue à elle, ne pouvait pas se servir de ses jambes. La chamane parlait d'une paralysie passagère consécutive au choc nerveux occasionné par le fait d'avoir été enlevée, puis enfermée vivante dans un rocher.

Alors, Chad avait coupé, taillé et confectionné un travois avec quelques branches biscornues et une couverture. Allongée dessus, Vivia se laissait conduire. Elle avait beau s'excuser : « Je suis lourde, je sais. Désolée ! » Ou bien : « Attends, je vais essayer de marcher un peu… » Paul sentait que la jeune fille aimait bien être tirée par Chad.

Lui-même observait le garçon asiatique à la dérobée. Il ne portait plus son poncho, car Vivia l'utilisait comme oreiller. Paul le voyait revêtu de cette armure légère et de cette cartouchière en cuir qui l'avait tant intrigué les premiers temps.

« Sauf que ses cartouchières ne contiennent pas des balles, mais des fléchettes sculptées par Chad lui-même ! »

Paul était plutôt paresseux de nature. Il ne pouvait cependant s'empêcher d'admirer son compagnon. Surtout depuis les révélations de la chamane. Chad avait donc été élevé dans un temple secret et initié à de nombreuses techniques de combats. Cela expliquait sans doute son habileté et sa force, mais aussi son sang-froid en toute circonstance. Des qualités que le père de Paul admirait aussi sans, hélas, trouver aucune d'elles chez son fils unique.

Vivia parlait à voix haute. Soit elle n'avait pas soif, soit elle se sentait trop coupable de ne rien faire. Soit, encore, c'était une bavarde née.

Ils étaient tous curieux de savoir d'où elle venait, car elle était la seule à avoir échappé à ce que Penilène appelait une « séance psychédélique bizarre ».

Hélas, Vivia ne parlait jamais d'elle, mais posait plutôt des questions sur leur situation.

— Nous nous trouvons dans une dimension parallèle, lui expliqua Paul en ralentissant l'allure. Cet univers est appelé : « monde du Soleil de cendre. »

Vivia leva le nez au ciel et rit : elle devinait parfaitement pourquoi on l'avait surnommé ainsi !

Son rire, comme toute sa personne d'ailleurs, était charmant.

À la lumière du jour, Paul voyait enfin le bel ovale de son visage, ses lèvres pleines, son petit nez retroussé et ses yeux pétillants — ce qui donnait à l'adolescente un air à la fois tendre, mutin, séduisant... et, à franchement parler, assez amérindien !

— Quel âge as-tu ? demanda-t-il.

— Treize. Et toi ?

— Quinze.

— C'est drôle, je t'en aurai donné au moins 16.

Les sourcils froncés, Penilène leur demanda de baisser le ton, car ils étaient peut-être suivis.

Paul haussa les épaules. De toute manière, ils seraient bientôt de retour chez eux et cette aventure ne serait plus qu'un mauvais souvenir. Sa vie en serait tout de même bouleversée. Car savoir qu'il existait réellement d'autres mondes à l'intérieur ou à côté du leur était une extraordinaire découverte ! Paul s'imaginait déjà travaillant pour la NASA. Peut-être serait-il possible de garder la porte dimensionnelle ouverte en permanence, et ainsi de créer des liens diplomatiques avec les gouvernements du monde du Soleil de cendre !

Il s'amusait aussi de voir Sheewa bondir de l'épaule de Chad et atterrir sur le travois. La femelle singe-araignée flairait Vivia qui lui offrait la paume de sa main à renifler. Puis, faisant une grimace, Sheewa sautait de nouveau sur l'épaule de son maître.

Vivia avait tenté à plusieurs reprises d'entamer une discussion avec Chad. Mais le garçon était vraiment trop taciturne, ou alors très timide.

Paul devina la pensée de la jeune fille et dit à mi-voix :

— S'il se parle dans sa tête autant que moi, il n'a plus le temps de parler beaucoup aux autres.

Demetor leur montra un imposant entablement rocheux.

— Voici votre porte ! annonça-t-il.

Penilène écarquilla les yeux d'étonnement.

Cette prétendue porte n'était qu'un ensemble de rochers posés les uns sur les autres. Rouges, orangés et jaunâtres, ils étaient peut-être beaux à prendre en photo, mais il ne s'agissait sûrement pas d'une « porte » à proprement parler.

Pourtant, Xinéa était formelle. Cet endroit était sacré pour son peuple. Autrefois, les chefs de ce qu'elle appelait les 108 tribus chimoèques se rassemblaient aux pieds de ces rochers, et les chamanes tombaient en transe pour communiquer avec des Êtres venus de « plus haut ».

Elle appelait ces Intelligences « les grands sages ascensionnés de Shamballa ». Penilène fit le tour de l'entablement et découvrit finalement qu'un des rochers était percé en son centre. L'anfractuosité ne mesurait pas plus que deux mètres de circonférence. S'agissait-il de la fameuse porte ?

Demetor assura que oui.

Penilène rajusta ses lunettes à monture rectangulaires. Ces verres donnaient à son visage un air sérieux et intelligent qui allait bien avec son style.

« Cette fille pense à tout ce qu'elle doit dire et elle dit sans doute exactement ce qu'elle pense », songea Paul, admiratif .

Demetor s'avança.

— J'ai tenu parole, déclara-t-il à Penilène. C'est à ton tour.

Et il tendit sa main pour recevoir sa récompense.

Xinéa faisait la moue. Elle était triste et déçue que les quatre envoyés de la prophétie repartent sans avoir accepté la noble quête qui, elle en était persuadée, devait protéger les trois mondes d'une menace imminente. Avant de lever le camp, elle avait espéré que Vivia se décide à voter dans le même sens que Chad. Mais même encore, il y aurait eu deux voix contre deux. Hélas, l'adolescente avait refusé de prendre position.

La chamane regarda la pierre percée, puis la jeune noire qui répondait à Demetor :

— Je vais te donner le sceptre et l'œuf, disait-elle. Mais avant, j'en ai besoin pour activer la porte. S'il s'agit bien d'une porte !

Demetor répéta que c'en était une. Son père le lui avait confirmé et Xinéa hochait la tête.

Penilène grimpa sur le rocher. Chad s'était à plusieurs reprises fait dire par la voix de la boule de lumière ailée dans ses rêves que les rochers étaient dangereux. Aussi ne la quittait-il pas des yeux…

La jeune noire se rappelait la discussion qu'avaient eue Lord Vikram et le roi Yegor. L'œuf ouvre-monde servait à téléporter des gens d'un point à un autre dans un même monde. Mais il pouvait également ouvrir les portes donnant sur les deux autres univers.

Comment ?

« L'œuf sait », avait répondu l'homme en rouge.

Paul se pencha sur Vivia.

— Es-tu heureuse de rentrer chez toi ? demanda-t-il.

L'adolescente battit des paupières sans répondre.

Demetor restait perplexe. Devait-il vraiment laisser partir ces quatre étrangers ? Ils l'avaient empêché de faire sauter la tour malfaisante du roi, et, par la même occasion, de mourir. Mais cela n'était-il pas, comme le prétendait Xinéa, arrivé dans un but précis ?

«Nous pourrions peut-être quitter ce monde avec eux…, songea-t-il. Je pourrais rencontrer les responsables de leur gouvernement et demander leur aide contre Yegor. Je pourrais aussi… »

Plusieurs projets se formaient dans sa tête tandis que Penilène sortait l'œuf et le posait devant le rocher troué.

Alors que tous retenaient leur souffle, Vivia pâlit. Elle ressentait la présence d'un danger. Mais lequel ?

Sheewa poussa un cri d'alarme.

— À couvert ! s'écria Chad.

Des vrombissements emplirent le plateau. Quelques secondes plus tard, le ciel fut envahi par d'étranges appareils volants.

— Les soldats du roi ! s'exclama un rebelle.

Il pointa sa lance en direction de la moto scouteur aérienne qui piquait sur eux. Le cristal au bout de sa pique s'illumina. Une flèche de lumière s'apprêtait à en jaillir quand un rocher voisin bascula brusquement et l'écrasa.

Le vacarme et le hurlement de l'homme glacèrent les autres d'horreur.

Une plate-forme circulaire en métal apparut au milieu des soldats juchés sur leurs véhicules atmosphériques.

Volant à une quinzaine de mètres, l'homme en rouge leva ses bras et fit le geste de secouer les rochers.

Aussitôt, les entablements frémirent, puis tremblèrent sur leur base. Penilène perdit l'équilibre. Chad la retint par un bras. Il la poussa ensuite vers Paul et dégaina son revolver vibratoire.

Demetor et les autres avaient activé leurs cristaux.

Chad visa les soldats et tira. Il en désarçonna trois avant de se sentir lui-même projeté contre un rocher.

Un effondrement brutal écrasa la porte dimensionnelle.

— Non ! s'affola Penilène.

Perché sur sa plateforme circulaire, Lord Vikram souriait.

— Par ici ! leur cria alors Demetor.

Une large fissure s'ouvrait dans les décombres.

Ils s'y engouffrèrent tandis que les soldats atterrissaient au milieu d'énormes volutes de poussière.

— Cette brèche mène à des galeries souterraines, haleta Demetor. Elles forment un réseau qui était autrefois utilisé par les chefs chimoèques.

Xinéa les guida.

Ayant dû abandonner son travois, Vivia s'accrochait à Chad. Elle avait enfilé le poncho du garçon et tentait, en vain, de se servir de ses jambes pour qu'il n'ait pas à supporter tout son poids.

Bientôt, un nouveau vrombissement retentit.

— Pas déjà les soldats ! s'écria Paul.

Mais il ne s'agissait que du fracas d'une chute d'eau souterraine.

— La chute d'Apamoya, s'exclama Xinéa. Nous sommes sauvés !

— Sauvés ? Vous plaisantez ! ironisa Penilène.

De fins rayons de lumière provenant d'interstices tombaient du plafond.

La New-Yorkaise tendit le cou et demanda :

— Où se jette cette chute? Sur des rochers? Dans une rivière souterraine? Y-a-t-il seulement une issue?

Son visage était blanc de poussière, mais aussi perlé de taches sombres causées par ses larmes.

Paul savait que durant leur course dans les galeries, Penilène avait pleuré. La destruction de la porte dimensionnelle était un rude coup.

Elle laissa d'ailleurs éclater sa frustration et déclara «qu'ils étaient coincés dans ce fichu monde gris!»

Des bruits de pas se rapprochaient.

— Lord Vikram! lâcha Demetor.

Chad se pencha sur le surplomb rocheux.

— Sois nous sautons, sois nous combattons, dit-il, prêt à dégainer son sabre et son pistolet.

— Les anciens de mon peuple prétendaient que cette chute avait des pouvoirs magiques, fit Xinéa. Quant à savoir si l'on peut sauter…

Elle rajusta sur ses épaules les deux gros sacs qu'elle avait insisté pour emmener.

Chad serra les dents, car Sheewa avait planté ses griffes dans sa chair.

Les soldats progressaient dans la galerie.

— Sautons, trancha le jeune asiatique.

Sheewa lui adressa un regard effrayé, car elle craignait l'eau comme l'homme craint la peste.

Chad caressa le sommet de sa tête poilue.

— Trouve un passage, dit-il, et rejoins-nous. Je te fais confiance.

Il dévisagea ensuite Vivia.

— J'ai confiance, moi aussi, assura l'adolescente en nouant ses bras autour du cou du garçon.

— Vous êtes malades ! s'exclama Penilène.

Donnant l'exemple, Chad se jeta dans le vide avec Vivia. La chamane, les rebelles, puis Demetor les imitèrent.

Paul ferma les yeux et se jeta à l'eau en poussant un cri de guerre pour se donner du courage.

Penilène était persuadée qu'ils allaient s'écraser sur un rocher. Mais n'ayant pas d'autre choix, elle recommanda son âme à Dieu, ôta ses lunettes et sauta dans la chute.

Les creusets de foudre

Une des grandes frayeurs de Penilène était de périr noyée. Depuis son enfance, l'eau la terrifiait. Mais elle ne voulait pas non plus être capturée par Lord Vikram et enfermée comme Vivia dans un cercueil de pierre.

C'est en s'enfonçant sous l'eau qu'elle se rappela… qu'elle ne savait pas nager !

La panique la gagna. Elle ouvrit la bouche, avala une gorgée d'eau, sentit un froid de glace pénétrer son corps. Le courant était violent. Emportée comme sur un cheval au galop, elle hurla et se débattit. Puis, acceptant de mourir, elle ferma les yeux.

Elle avait eu tant de projets ! Même lorsqu'elle devait s'occuper de ses jeunes frères et sœurs, elle voulait devenir infirmière — elle avait travaillé, durant tout un mois, dans une clinique de quartier — ou bien alors médecin. Pour soigner sa famille et sa mère qui ne cessait de tousser et de cracher du sang. Dans ce but, elle avait étudié la nuit quand tout le monde dormait. Lorsqu'elle était à bout de force, elle rêvait qu'elle s'occupait de malades dans un bel hôpital muni de larges baies vitrées.

C'est l'image de ces pièces ensoleillées qu'elle avait en tête pendant que l'eau entrait dans sa bouche, pendant qu'elle se noyait.

Elle se sentait mourir quand une main la tira par le bras…

✳

Chad constata avec plaisir que Vivia se débrouillait et qu'elle gardait la tête hors de l'eau. Ils étaient emportés dans un étroit goulot. L'eau était noire. Heureusement, des cristaux ornaient le plafond et leur procuraient assez de lumière pour se reconnaître. Il repéra Paul, agrippé à un rebelle qui savait nager.

Que devenait Penilène?

Il prit Vivia par les épaules et lui fit comprendre que la jeune noire avait disparu. Un autre rebelle surnageait à leur hauteur tandis que Demetor et la chamane dérivaient en se tenant l'un à l'autre.

Chad donna la main de Vivia au garde.

— Ne la lâche pas! lui recommanda-t-il.

Puis, nageant à contre-courant, il alla chercher Penilène.

Les autres roulèrent sur le dos d'une cascade, puis sur une seconde, et tombèrent dans un bassin plus grand dont le fond était constitué des mêmes cristaux lumineux. Le courant se fit ensuite moins vif. Bientôt, ils se laissèrent porter par le flot, heureux que leur crainte de se fracasser la tête contre des rochers ne se soit pas réalisée.

Paul échoua sur ce qui ressemblait à une plage souterraine. Épuisé, il ferma les yeux et s'endormit.

Penilène rêvait que la boule de lumière ailée lui parlait.

« Tu ne mourras pas aujourd'hui », lui disait-elle avec douceur.

« Dites-moi si je vais revoir ma famille ! » supplia la jeune noire.

Étrangement, elle entendit sa mère tousser. À la suite d'un accident de travail, elle avait perdu l'usage d'une main. Cette infirmité était peut-être à l'origine de la vocation de médecin de sa fille aînée. En quelques battements de paupières, Penilène revisita leur immeuble délabré et couvert de graffitis dans le Queens.

Puis, elle entendit d'autres voix. Entre autres, celle de ce grand blond un peu niais qui les accompagnait. Que disait-il ? Qu'il avait faim ! Cette déclaration égoïste ne surprit aucunement Penilène, car il lui semblait que la marmaille qui l'attendait, le soir, était elle aussi toujours affamée !

Une main secoua son épaule. Elle ouvrit les yeux et reconnut Vivia.

— Ne bouge pas, lui dit celle-ci. Chad est allé te chercher. Nous sommes tous vivants.

Penilène cracha. Il lui semblait que son corps en entier était rempli d'eau.

Autour d'elle allaient et venaient les rebelles.

Elle se rappela alors ses lunettes, son sceptre et l'œuf ouvre-monde. Elle fouilla dans les poches de sa robe, y trouva les lunettes, mais rien d'autre.

— Je les ai perdus !

— Non, la rassura Vivia. Chad les a pris pour éviter qu'ils ne s'égarent.

Et, avec un sourire, elle lui rendit les deux objets.

Penilène poussa un soupir de soulagement.

— Où sommes-nous ? demanda-t-elle.

— La cascade nous a rejetés à l'extérieur, mais nous avons dormi longtemps. Depuis, la nuit est tombée.

Penilène se leva avec peine. Ses jambes tremblaient. Après s'être assurée qu'elle tiendrait debout, elle tendit sa main à Vivia.

— À toi, maintenant !

Mais l'adolescente, pourtant à l'aise dans l'eau, était toujours incapable de remuer les jambes.

Elle tapota ses cuisses.

— Je pouvais les bouger un peu dans l'eau, mais là, je ne les sens plus. La chamane dit que c'est nerveux.

Penilène repéra, à une vingtaine de pas, plusieurs colonnes de pierres dressées.

Vivia suivit son regard.

— Xinéa assure qu'il s'agit d'un ancien cercle de cérémonie de son peuple. Il est construit à ciel ouvert. Ces pierres étaient magiques, autrefois. Chad et Demetor sont allés pêcher. Nous allons bientôt manger. N'est-ce pas formidable ?

Une lueur de joie enfantine brillait dans les yeux de cette fille qui croyait encore au merveilleux et à la bonté humaine. Penilène, elle, avait vu la vraie nature des gens dans les rues de New York. Et même s'il existait dans ce monde du Soleil de cendre des choses qui dépassaient son entendement, comme le sceptre et l'œuf, par exemple, l'homme était pour elle un prédateur.

Le rebelle à qui Chad l'avait confiée souleva Vivia dans ses bras. Du centre du cercle de pierre s'élevait une bonne odeur de friture.

— C'est le grand Apollon qui doit être content! fit Penilène, un brin sarcastique, en se décidant à les suivre.

✳

Dès qu'il la vit, Demetor s'approcha de la jeune noire.

— Tu veux l'œuf et le sceptre, c'est ça? dit-elle, méprisante.

— J'ai tenu parole. Je vous ai menés jusqu'à la porte.

Il renifla, l'air de dire que l'attaque de Lord Vikram et la destruction de la porte n'étaient pas de sa faute.

Penilène connaissait la valeur que les deux objets pouvaient avoir dans une situation de survie comme la leur. Elle allait répondre quand Xinéa leur tendit un gobelet.

— L'eau de la cascade sacrée d'Apamoya est très bonne, assura la chamane. Autrefois, elle permettait à ceux qui l'avaient perdue de retrouver la paix et la générosité du cœur.

Vivia voulut savoir si ces eaux pouvaient guérir ses jambes ou à tout le moins lui rendre sa mémoire perdue. Cette réflexion innocente détendit l'atmosphère.

Demetor ne voulait pas faire de feu, car, disait-il, Lord Vikram n'était sûrement pas loin. Mais Penilène, Vivia et deux jeunes rebelles blessés lors de l'assaut devant la porte dimensionnelle avaient froid. La chamane insista pour rassembler quelques branches trouvées dans les environs.

Près du feu qui craquait joyeusement, la vieille femme fit revivre pour les deux filles quelques-uns de ses souvenirs d'enfance. Vivia imagina les chefs chimoèques en train de danser entre les pierres dressées. Certains étaient assis et battaient les tambours avec leurs paumes. D'autres fumaient de longues pipes de roseau. Dans la fumée apparaissaient les esprits ou ce que la chamane appelait « les émanations de la sagesse des gens de Shamballa ».

Chad prit avec Demetor le premier tour de garde. Lorsqu'ils furent relevés par les deux derniers rebelles valides, ils vinrent s'asseoir près du feu.

Paul avait vérifié le bon fonctionnement de son cellulaire. Bêtement, il avait même tenté de capter un réseau! C'est avec plaisir qu'il avait également fait sécher, à la flamme du feu, ses deux billets de 20 dollars inutiles. À présent, il ronflait comme une locomotive.

Penilène était enroulée dans une couverture. Vivia répondait à une question de la chamane.

Non, elle ne se souvenait pas de qui elle était ou de ce qu'elle faisait avant de s'être retrouvée dans la forteresse du roi Yegor.

— Je crois me rappeler qu'avant d'être enlevée, je m'étais enfuie. D'où? Je l'ignore. Je ne me sentais jamais très en forme. Ensuite, je me suis retrouvée dans un cinéma. C'est au milieu de tous ces gens qui regardaient le film que l'homme en rouge a surgi. J'imagine que je me pensais en sécurité dans cette foule, et…

Elle laissa sa voix en suspend, puis se prit la tête dans les mains. Xinéa la berça contre elle.

Cette scène tendre fit grimacer Demetor.

Quand il avait quitté sa communauté, le chef rebelle avait fait ses adieux. Les parents et les amis de chacun des compagnons qui avaient choisi de se sacrifier avec lui étaient tristes, mais résolus. Il fallait empêcher le roi de construire cette tour qui, aux dires du père de Demetor, était dangereuse. Si jamais Yegor l'achevait, cette tour le rendrait si puissant que toutes les communautés rebelles seraient détruites et la liberté de conscience des peuples plus menacée que jamais.

La chamane allait plus loin et prétendait que tous les pays et les peuples du monde du Soleil de cendre seraient en péril, ainsi que ceux du monde « au-dessus ».

Demetor avait une envie folle de retourner auprès des siens. Il n'avait pas réussi à saboter la tour de Yegor, mais il ramènerait le sceptre et l'œuf. Il trouverait bien à les employer pour nuire au roi !

Vivia demanda à la chamane ce qu'il y avait de si précieux dans ses sacs pour qu'elle se soit accrochée à eux durant leur périple sur les eaux.

Xinéa en tira quatre récipients de formes différentes.

— Ce sont des creusets, dit-elle en englobant d'un même regard Chad, Vivia, Penilène et Paul qui dormait toujours.

Elle montra le premier : une petite vasque en étain terminée par un goulot étroit fermé par un bouchon en liège.

— Celui-ci est pour l'élément eau.

De temps en temps, Chad tendait l'oreille… autant pour guetter la présence des soldats de l'homme en rouge que pour tenter d'identifier, parmi les cris nocturnes des animaux qui peuplaient le désert, celui, très reconnaissable pour lui, de sa fidèle Sheewa.

Qu'était-elle devenue ? Il l'imagina fracassée par lord Vikram contre une roche, et serra les dents.

La chamane présentait maintenant un contenant rectangulaire fait d'une seule pièce en os et muni d'un couvercle.

— Celui-là est destiné à l'élément terre.

Demetor écoutait distraitement. Xinéa, qui l'avait prise sous son aile depuis la mort de son père, était une magicienne et une conteuse. Avant que Yegor n'extermine ce qui restait de son peuple, elle était la gardienne des traditions ; celle grâce à qui les jeunes générations apprenaient à connaître les histoires du peuple chimoèque et celles de ses héros.

Pourquoi ne cessait-elle de dévisager les quatre étrangers en leur parlant des creusets ?

Elle annonça que les deux derniers récipients étaient ceux du feu et de l'air.

Elle ouvrit la bouche pour leur livrer un grand secret quand Vivia poussa un cri.

Chad dégaina son arme vibratoire. De son autre main, il releva le pan de son poncho et effleura des doigts les fléchettes passées dans leurs gaines en cuir.

Un rocher bascula et écrasa le feu.

— Vikram ! lâcha Demetor en saisissant sa pique.

※

L'homme en rouge apparut, debout sur sa plateforme circulaire. L'appareil volant lançait des étincelles.

Penilène attrapa Demetor par le coude et lui montra l'œuf.

— Il faut fuir! glapit-elle.

Le chef rebelle approcha l'objet de son visage. Le liquide de foudre qu'il contenait avait déjà baissé de moitié.

— Nous sommes neuf! C'est trop de monde pour l'œuf.

— Essayons quand même! insista Penilène.

Un garde ouvrit le feu. Chad lança trois fléchettes qui se plantèrent dans la gorge de trois soldats. Dans le même temps, il dégagea avec son arme vibratoire un petit périmètre de sécurité.

D'autres rochers s'écroulaient. Paul hissa Vivia sur ses épaules et s'éloigna d'un menhir qui oscillait. Les deux rebelles blessés furent écrasés sous ce monolithe.

La chamane restait hébétée. Comment ce sanctuaire dédié à la guérison et aux contacts avec les Êtres ascensionnés de Shamballa pouvait-il être violé de la sorte?

Lord Vikram stabilisa son engin au-dessus d'elle. Xinéa lança les sacs contenant les creusets à Demetor et se protégea le visage avec les bras.

Le jeune chef et elle échangèrent un bref regard:
— Fuyez! Fuyez! s'écria-t-elle.

Roulant sur lui-même pour éviter les tirs vibratoires, Chad prit appui sur un rocher et sauta sur Lord Vikram. Déséquilibré, l'homme en rouge tomba de sa plateforme. Celle-ci demeura quelques secondes en apesanteur, puis elle s'écrasa au sol.

Atteinte par des éclats de métal, la chamane poussa un cri de douleur.

Chad ramassa son arme vibratoire, mais il n'eut pas le temps de s'en servir contre Lord Vikram.

Paul le tira en arrière.

Déjà, le mur de protection généré par l'œuf se formait autour d'eux.

Un nouveau corridor d'énergie visqueuse s'ouvrit par lequel ils disparurent.

❋

Lord Vikram s'agenouilla près de la chamane. La vieille femme attrapa son poignet. Ses ongles griffèrent le cuir rouge de ses gants.

— Vous ne gagnerez pas, prophétisa-t-elle avant de rendre l'âme.

L'homme en rouge se redressa.

— Ramenons son cadavre au roi, annonça-t-il à la poignée de soldats qui lui restait. Sa Majesté sera heureuse de savoir que la dernière chamane du peuple chimoèque vient de trépasser.

Ses hommes attendaient, silencieux et déçus de n'avoir pas pu rattraper les fugitifs.

Vikram s'approcha de l'énorme pierre qui s'était abattue sur les deux rebelles. Il leva ses bras et la roche se souleva. Les hommes étaient morts, bien sûr, mais cette démonstration de force était surtout destinée à impressionner ses propres soldats.

— N'ayez crainte, clama-t-il, les rebelles ne perdent rien pour attendre.

Il dévisagea ses hommes, au cas où l'un d'eux s'aviserait de douter de lui, et ajouta :

— Si j'avais vraiment voulu les capturer, ils seraient là, pieds et poings liés.

Il songea, non sans malice :

«Quand on veut que certains événements surviennent, il faut savoir les préparer. »

Et c'était exactement ce qu'il venait de faire en permettant aux quatre étrangers de s'échapper une fois encore…

La rupture

Penilène était désespérée. En tenant «l'ouvre-
monde» dans ses mains, elle avait pensé très fort
à sa ville de New York, à la statue de la Liberté,
au pont de Manhattan, à Central Park, et même aux
colonnades corinthiennes de Wall Street.

Hélas, en rouvrant les yeux, elle avait dû se
rendre à l'évidence : l'œuf transportait les gens d'un
endroit vers un autre, mais uniquement dans un
même univers !

Elle aperçut ses compagnons, debout, l'air
hébété. À perte de vue se profilaient des cactus,
comme autant de gardiens immobiles. Au loin on
devinait quelques montagnes.

Paul tentait de saisir entre ses doigts des résidus
de ce qu'il appelait de «l'énergie en grain». Bleuâtres,
tièdes et visqueux, ces grains produits par l'œuf se
désagrégeaient dans l'air froid de l'aube.

Demetor déclara qu'ils étaient réapparus encore
plus au nord. Soit proche des Grandes bleues, cette

chaîne de montagnes qui constituait une sorte de barrière naturelle.

Tandis que les quatre jeunes étrangers se tenaient dans leur coin, Demetor discutait à voix basse avec le dernier rebelle survivant.

Ne trouvant nul brin d'herbe pour siffler dedans, Chad avait ramassé deux cailloux qu'il frappait l'un contre l'autre. Non pour faire un feu, mais pour appeler Sheewa. Il s'agissait, entre eux, d'un système de communication. Chad était en effet persuadé que le singe-araignée saurait reconnaître l'appel... si elle était toujours vivante, bien sûr, et si elle se trouvait à moins de trois kilomètres.

Vivia remercia Paul qui lui proposait de la soutenir. Elle tenta de faire quelques pas toute seule, mais trébucha.

— Ce n'est pas encore au point! plaisanta-t-elle.

Ils étaient fourbus. La nuit avait passé sans qu'ils aient pu fermer l'œil un seul instant.

À cette heure matinale, le ciel était déjà encombré de nuages.

Penilène se planta devant Demetor.

— Et maintenant? demanda-t-elle.

Le jeune chef posa les sacs de la chamane.

— Maintenant, c'est chacun pour soi.

Chad fixa le rebelle de ses yeux gris sans expression. Les autres retinrent leur souffle...

Penilène s'était attendu à ce qu'il exige le sceptre et l'œuf. Mais cette réponse brutale l'inquiéta davantage.

— Que veux-tu dire?

— Que ça suffit. Je vous ai mené jusqu'à la porte. C'était notre entente. À présent, je dois penser à la survie de ma communauté.

Mal à l'aise, il se sentit obligé de s'expliquer :

— Nous sommes 536 en tout. Des hommes, mais aussi des femmes et des enfants. Et nous survivons. Je ne veux pas les mettre plus longtemps en péril en vous servant de guide. Notre mission a échoué. Je dois maintenant entrer en contact avec les autres communautés de rebelles et trouver un nouveau moyen de détruire la tour du roi.

Paul avait du mal à saisir l'importance de cette tour. Après tout, il ne l'avait vue qu'une fois, et de loin ! En quoi cette construction pouvait-elle être si dangereuse ?

— Allez vers le nord, recommanda Demetor. Xinéa disait qu'il existait une autre porte dans les Grandes bleues.

Penilène fixait le sol, car elle craignait que le jeune homme ne devine combien elle se sentait désemparée.

Des images de sa vie défilaient devant ses yeux. Tout d'abord, son père était mort. Bien sûr, leur mère avait raconté aux plus jeunes qu'il était plutôt parti, que c'était provisoire. Mais les années passant, il avait bien fallu se rendre à l'évidence. Il ne reviendrait jamais. Puis, sa mère aussi les avait quittés ! En acceptant sa blessure, puis sa maladie, elle s'était en quelque sorte enfermée dans son propre monde. Et que valaient ses frères et sœurs tyranniques, énervés et désobéissants !

— Je pars, ajouta Demetor, mais je n'oublie pas notre accord…

Paul faillit s'étrangler d'indignation. Demetor voulait en plus les priver du sceptre et de l'œuf qui pouvait leur être si utile !

— Nous sommes toujours prisonniers dans ton monde, lâcha Penilène.

Chad surveillait les mains de Demetor et celles du dernier soldat.

— D'accord, finit par dire la New-Yorkaise en remettant au jeune homme les deux objets. Une promesse est une promesse.

À sa grande surprise, Demetor lui rendit le sceptre.

— Nous sommes quittes avec l'œuf !

Méfiante, Penilène reçut l'Ankh d'or.

— Je prends aussi les sacs de la chamane, dit-elle.

— Xinéa vous les a donnés.

Demetor toisa Chad. Le garçon venait, comme eux, du monde du Soleil de cendre. Il songea à lui proposer de se joindre à la communauté pour combattre Yegor. Mais le symbole « de la quête du passage des peuples vers la lumière », comme disait Xinéa, était tatoué dans sa chair.

Il soupira.

— Je vous souhaite bonne chance dans votre quête.

— Nous allons chercher l'autre porte et regagner notre monde, répliqua Penilène, frustrée.

Demetor approuva.

— Je vous laisse cette gourde d'eau. C'est tout ce que je peux faire.

La jeune noire ne daigna pas répondre.

— Tu crois que je suis un lâche ! s'emporta alors le jeune chef. Mais tu ne sais rien de ma vie ni de ma propre mission. Adieu !

Lui et son compagnon disparurent entre les cactus.

Quelques minutes passèrent. Le soleil s'était caché derrière les énormes nuages gris.

Puis, comme Paul et Penilène restaient immobiles — ils espéraient sans doute que Demetor fasse demi-tour —, Vivia échangea un regard avec Chad.

— S'il faut aller au nord, dit-elle en se trainant sur le sol, allons-y !

Chad la hissa sur son dos.

Le manuscrit atlante

12

Ils marchèrent durant huit heures sous une chaleur accablante, burent à tour de rôle et se relayèrent pour porter Vivia. Vers la mi-journée, les vents se déchaînèrent. Chargés de sable et de petits cailloux, ceux-ci égratignaient la peau et entraient dans les oreilles, le nez, la bouche et les yeux.

Parfois, ils se cachaient entre des rochers et écoutaient, immobiles. Que faire si Lord Vikram apparaissait dans le ciel et les menaçait de son terrible pouvoir ? À deux ou trois reprises, ils crurent entendre le vrombissement caractéristique des engins volants.

Des soldats du roi Yegor patrouillaient-ils le désert à leur recherche ?

Parfois aussi, Vivia se mettait à trembler. Quand on l'interrogeait, elle répondait qu'elle sentait, dans les rochers alentour, une vibration malsaine. L'empreinte, en quelque sorte, de la présence toute proche mais invisible de l'homme en rouge.

À la tombée de la nuit, ils parvinrent à la lisière d'une oasis.

Paul voulut se baigner dans un étang, mais Chad le retint par le col de sa veste.

Il dégaina son arme vibratoire, fit feu dans le point d'eau. Cela créa des remous, mais aucune bestiole — ni surtout aucun crocodile ! — n'en sortit.

Rassuré, Paul s'agenouilla pour boire, mais Chad le tira de nouveau en arrière.

— Pas cette eau-là ! J'entends le bruit d'une cascade dans le sous-bois…

Vivia approuva. Ils avaient la gorge sèche, mais ce n'était pas une raison pour boire n'importe quoi.

— Tu en sais des choses, fit-elle, admirative, en souriant à Chad.

Le jeune asiatique accompagna Paul jusqu'à la cascade et but le premier. Non par égoïsme, mais pour vérifier si elle était potable. Puis, comme Paul se mouillait les cheveux et le visage, il remplit la gourde que leur avait donnée Demetor.

Ils votèrent ensuite pour décider s'il était prudent ou non d'allumer un feu. Lord Vikram s'était sans doute lancé à leurs trousses. Paul tenta de calculer, avec la fonction boussole de sa montre, combien de chemin ils avaient couvert en utilisant l'œuf. À son grand désarroi, il s'avoua incapable de donner une mesure, même approximative.

— Du sable s'est peut-être infiltré dans le mécanisme, dit-il, penaud, pour expliquer son échec.

— Ce n'est pas grave, le rassura Vivia.

En rassemblant des brindilles — il avait finalement été décidé de faire un feu —, Chad déclara que Vikram n'était pas homme à lâcher sa proie.

— Qu'est-ce que tu en sais ? le défia Penilène.

— J'ai vu ses yeux.

Il laissa s'écouler quelques secondes, puis ajouta :

— Je suis même surpris qu'il ne nous ait pas encore rattrapés.

Ils avaient convenu de manger d'abord et d'aller se laver ensuite. Chad grimpa à quelques arbres pour cueillir des fruits. En rapportant des dattes, des pêches et des tranches de cactus, il se surprit à tendre l'oreille.

Sheewa se trouvait-elle parmi les bandes de singes qui peuplaient les frondaisons ?

De retour au camp, Vivia le sentit inquiet.

— Je suis sûre qu'elle va nous retrouver.

Penilène trouva sa réflexion complètement absurde. Et, d'abord, qu'est-ce que cette fille qui ne marchait pas ni ne se souvenait plus de rien connaissait aux singes !

— Je l'ai caressée, se défendit Vivia. Je sais qu'elle aime Chad. Elle reviendra.

Le garçon asiatique sourit à son tour, brièvement.

Vivia déclara que c'était la première fois qu'elle le voyait sourire, et que ça lui allait bien.

Penilène fit la moue. Pour elle, une fille qui faisait des compliments à tout le monde était soit une idiote, soit une hypocrite. Agacée, elle rajusta ses lunettes sur son nez. Durant la journée, elle avait failli les perdre au moins 100 fois. Pour finir, elle les avait rangées dans la même poche qui contenait aussi le sceptre que lui avait rendu Demetor.

— Ces figues sont excellentes ! déclara Paul pour rompre le malaise qui s'installait.

C'était la première fois qu'ils se retrouvaient seuls tous les quatre. Quelques jours plus tôt, ils ne se connaissaient pas. Que savaient-ils exactement l'un sur l'autre? À part le fait qu'un symbole identique était tatoué sur leurs épaules et qu'ils avaient été enlevés pour une raison encore inconnue par une même personne, qu'avaient-ils en commun?

Le maigre repas terminé, Penilène secoua la poussière qui maculait sa robe et sa chevelure.

— Moi, décréta-t-elle, je vais me laver.

— Attends! fit Vivia. Et si on…

Elle ouvrit les sacs de la chamane, en sortit les creusets ainsi que le manuscrit qu'il contenait.

— Je me demandais, ajouta-t-elle, si notre présence en ce monde pouvait vraiment avoir un rapport avec ces creusets. Et si les symboles, sur nos épaules… Enfin…

Paul et Penilène comprenaient parfaitement où Vivia voulait en venir.

Ces cadeaux de la chamane avaient-ils un lien direct avec leur enlèvement et avec la quête dont la vieille femme leur avait parlé? Et, d'autre part, leurs tatouages et la boule de lumière ailée étaient-ils des indices?

Chad tendait toujours l'oreille en direction des frondaisons. Les bruits nocturnes du désert se mélangeaient à ceux de l'oasis pour composer une musique tantôt douce et agréable, tantôt plus agressive. Quand quelques rongeurs se disputaient leur repas du soir, par exemple!

Paul prit « le manuscrit ». Vivia et Penilène — qui ronchonnait toujours — se rapprochèrent de lui.

Il ne s'agissait pas d'un livre à proprement parler, mais plutôt de minces plaques individuelles, sculptées et travaillées dans un alliage aux reflets cuivrés.

Paul montra la première des quatre plaques.

— Elle représente un garçon marchant sur un tapis de flammes.

Penilène fit remarquer qu'elle portait des lunettes et qu'elle n'était donc pas aveugle.

Vexé, Paul se tut. Chacun observa le personnage qui marchait sur les flammes. Il tenait dans ses mains un creuset servant à recueillir la foudre tombant du ciel.

Chad exhiba un creuset composé d'un alliage métallique qui ressemblait beaucoup aux plaques composant le manuscrit.

— Ce métal doit être assez résistant pour contenir le feu, dit-il.

Penilène bâilla. Elle se sentait sale et épuisée. Deux bonnes raisons, à son avis, pour aller prendre un bain.

— Tu n'es pas curieuse de savoir? s'étonna Vivia.

La jeune New-Yorkaise se leva.

— Demain, nous marcherons vers le nord pour trouver la seconde porte dimensionnelle, et nous rentrerons chez nous.

Paul éprouva un malin plaisir à faire remarquer que ça ne serait pas aussi facile.

— Tu oublies que nous n'avons plus l'œuf ouvre-monde!

Penilène lui jeta un regard sombre.

— Il nous reste le sceptre! rétorqua-t-elle en tournant les talons.

Paul répliqua, mais tout bas, que le sceptre étant seulement un régulateur de masse, il ne voyait pas comment il pourrait les aider à «ouvrir» une porte dimensionnelle.

Après le départ de Penilène, Vivia déclara qu'elle aimerait bien elle aussi, mais plus tard, s'allonger dans un des bassins d'eau tiède qui entouraient leur clairière.

Ils se passèrent les creusets en silence. Leurs formes et leurs matériaux différents suggéraient qu'ils étaient conçus pour recevoir des éléments différents.

— L'eau, la terre, l'air, le feu, récita doucement Vivia.

La jeune fille avait une voix légèrement sucrée. «Très séduisant», songea Paul qui, consultant sa montre, les prévint que Penilène était partie depuis plus de trois quarts d'heure.

— Ça prend de si longs bains, une fille?

Vivia fronça le nez. Les deux garçons aussi devraient aller se laver! Mais bien sûr, elle ne voulait pas se mêler de leurs affaires.

— Tu es toujours amnésique? s'enquit Paul.

— Je ne me rappelle de rien à mon sujet à part la scène du cinéma et l'impression que je m'étais déjà enfuie de quelque part.

Chad observait le ciel. On ne distinguait aucune étoile. L'air, bien que chaud, était parcouru par une brise froide venue du désert. Il sentait aussi poindre une humidité qui ne lui disait rien qui vaille.

Vivia lui offrit son plus beau sourire.

— Tu veux bien me porter jusqu'à un étang?

Paul fit alors un rapide calcul. Ils n'avaient pas de vêtements de rechange et ne possédaient qu'une couverture chacun, offerte par la chamane. De plus, la nuit promettait d'être fraîche.

Lorsque Chad fut de retour, il lui fit un résumé de la situation.

Le jeune asiatique sortit de son propre sac une courte pelle.

— L'air se rafraîchit, répondit-il, mais la terre est encore chaude.

— Tu ne vas quand même pas dormir sous terre ! grimaça Paul.

— Dors où tu veux, fut la seule réponse de Chad.

Songeur, le jeune blond soupira.

Puis, il ajouta :

— Drôles de filles, non ? Entre Penny qui veut à tout prix rentrer chez elle et Vivia qui a oublié son passé, on est…

— Chut ! le coupa soudain Chad.

Quelque chose avait changé dans l'air. En très haute altitude, un éclair rouge zébra le ciel.

Paul frissonna.

— Décidément, ce monde est très différent du nôtre. Pardon, du mien !

Chad avait les yeux rivés sur les frondaisons.

— Écoute !

— Je n'entends rien.

Une goutte s'écrasa sur le nez de Paul. Puis une autre, et une autre.

Bientôt, des éclairs illuminèrent la nuit et de violentes rafales secouèrent les branches. Pour finir, une cataracte glacée s'abattit sur l'oasis.

— Penilène et Vivia ! s'écria Paul.

Quittant leur abri, ils partirent à la recherche des filles.

Le creuset de l'élément eau

13

Les rafales étaient si violentes que Paul devait se plier en deux pour avancer. La pluie battait son visage. L'eau entrait dans ses yeux et dans sa bouche.

Tout en criant : «Penny! Penny!». Puis, se rappelant que la New-Yorkaise préférait se faire appeler par son prénom au complet : «Penilène!» Il ne pouvait s'empêcher de se poser une question essentielle : comment un tel orage pouvait-il se déchaîner au-dessus d'une région aussi aride?

Les palmiers et les bananiers gémissaient. L'eau crépitait sur les palmes. Le ciel était par moment plus lumineux qu'en plein jour.

— Là! indiqua Chad en tendant le bras.

Penilène était poussée en avant par les rafales. Chad la rejoignit et cria dans son oreille :

— Où est Vivia?

La jeune noire claquait des dents.

— Gagnons ces rochers! décida le garçon en la poussant vers un entablement capable de résister à l'orage.

Chad remarqua alors un étrange phénomène. Il semblait que les éclairs se concentraient tous en un point précis juste derrière leur abri.

— N'y va pas! lui recommanda Paul.

Mais l'asiatique disparut dans les taillis.

— Il risque de se faire frapper par la foudre! s'alarma le jeune blond. Nous-mêmes devrions trouver des branches et nous asseoir dessus. Ce serait plus sûr.

Il se rappelait de ses cours de physique. Le bois était un bon isolant. Pourtant, au même moment, il se demanda aussi pourquoi la foudre tombait souvent sur des arbres. Il y avait là une contradiction qui l'intriguait. Il voulut partager cette énigme avec Penilène, mais celle-ci n'arrêtait pas de hurler qu'elle avait perdu ses lunettes…

Chad n'eut pas besoin de marcher bien loin.

À une dizaine de pas derrière l'entablement rocheux se trouvait une vaste dépression naturelle : l'étang idéal pour prendre un bain et pour relaxer.

Sauf qu'en ce moment, le point d'eau était la cible répétée de terribles éclairs.

Se protégeant les yeux avec les bras, Chad imaginait la scène plus qu'il ne la voyait.

La foudre tombait sur l'étang comme si un dieu se tenait au-dessus des nuages et qu'il visait cet endroit avec colère. La surface était irisée, d'un blanc laiteux et lumineux, et parcouru de minis éclairs. Cela faisait penser à des centaines de bébés grenouilles frayant dans une mare.

Le sol tremblait par à-coups. Y avait-il un dialogue entre le ciel et la terre ? Une sorte de communion secrète entre les éléments ?

Heureusement, les vents faiblissaient. Les giboulées se changèrent peu à peu en une pluie fine.

Paul et Penilène le rejoignirent. L'air désespéré, le jeune blond demanda :

— Dit, tu m'aides à retrouver ses lunettes ! Elle panique.

— Je ne panique pas ! aboya Penilène. Mais je...

Effarée, la jeune New-Yorkaise se tut.

Chad et Paul suivirent son regard...

Vivia se tenait en apesanteur au centre de l'étang, bien droite dans les vêtements chimoèques que lui avait offert la chamane. Elle portait le creuset de forme oblongue en étain se terminant par un embout étroit. Nul vent ne soufflant autour d'elle, ni ses cheveux, ni les plumes plantées derrière ses oreilles, ni les pans de son habit en peau de daim ne bougeaient.

C'était un spectacle extraordinaire de voir ses mocassins effleurer la surface de l'étang, gorgée d'énergie. Suspendue dans l'espace comme dans le temps, elle semblait attendre...

— Je n'y crois pas, balbutia Penilène.

Les éclairs ayant cessé, ils avaient rouvert les yeux, mais ne comprenaient toujours rien au phénomène.

Pratique, Paul expliqua que Vivia était sans doute retournée au camp pour y chercher le creuset.

— Elle l'avait quitté ? s'étonna Penilène.

— Pour prendre un bain.

— Et elle y est retournée pendant que vous me cherchiez… en rampant ?

Puisque Vivia ne pouvait toujours pas marcher, la réflexion de Penilène n'était pas dénuée de logique. Paul ouvrit la bouche pour répondre. Un dernier éclair pénétra exactement dans le creuset !

— Il y est entré comme si ce creuset était sa destination finale, bredouilla Paul.

— Ne dis pas de bêtise ! rétorqua Penilène.

— Oh !

Vivia tombait à son tour, mais comme au ralenti et portée dans des bras invisibles.

— Elle va être foudroyée ! s'écria Penilène.

À leur grande surprise, rien d'aussi dramatique ne se produisit et la jeune amnésique entra dans l'eau jusqu'à la taille.

Déjà, une certaine touffeur revenait dans l'air. Une brume ouatée se formait au-dessus de l'onde. Des volutes diaphanes enveloppèrent Vivia. Ses compagnons la virent incliner le bec du creuset et y recueillir un peu d'eau.

— C'est impossible ! balbutia Penilène.

Elle aussi se remémorait ses leçons de physique. Et la logique lui disait que Vivia aurait dû périr électrocutée.

Pourtant, la jeune fille ressortait indemne de l'étang et marchait vers eux.

Vivia était auréolée de lumière. Elle avança vers Chad, lui tendit le creuset.

— Prends-le, s'il te plaît…

C'est à cet instant, sans doute, que Chad, Paul et Penilène se rendirent vraiment compte que Vivia ne venait ni du monde du Soleil de cendre ni de celui du Soleil doré, et qu'elle possédait des pouvoirs inconnus.

Chad reçut la jeune fille contre sa poitrine. Son cœur battait la chamade alors que celui de Vivia était, au contraire, lent et régulier.

Puis, la force qui l'avait habitée l'abandonna et elle glissa comme si ses jambes ne la portaient plus.

Chad remit le creuset à Paul et souleva Vivia dans ses bras.

— Retournons au camp, dit-il.

Les premiers indices

Penilène s'occupa d'ôter les vêtements trempés de Vivia. La nuit était redevenue calme. Comme s'ils hésitaient à se parler après l'orage, les animaux se taisaient et les insectes restaient terrés sous les rochers.

Vivia s'endormit avant même qu'ils ne regagnent la clairière ombragée. Heureusement, les couvertures pliées dans le sac de la chamane étaient sèches! Chad donna la sienne à Vivia et Paul, bon prince l'imita.

Penilène semblait encore sous le choc de la perte de ses lunettes.

— Tu ne comprends rien! s'était-elle rebiffée quand Paul avait osé prétendre que ce n'étaient que des «lunettes». Je ne vois rien sans elles!

Et en effet, à la seule lueur des quelques éclairs qui zébraient encore le ciel, elle avait du mal à dévêtir Vivia et à la border sous les couvertures.

Elle-même était frigorifiée. Elle s'enroula rageusement dans sa propre couverture et s'endormit.

Paul se plaignait de s'être éraflé la plante du pied droit — probablement sur des rochers. Chad comprit alors qu'il serait le seul, cette nuit, à monter la garde.

Il reboucha le goulot du creuset avec le bouchon de liège et posa le récipient près de Vivia. Le visage de l'adolescente était serein. Chad la voyait encore, entièrement baignée de lumière, en train de recueillir la foudre. Il ne se posait pas de questions. Entraîné depuis l'enfance à s'endurcir par le biais d'exercices et d'initiations, ce voyage en Ancépalomie était pour lui une épreuve de plus.

Que leur réservait l'avenir?

Songeur, il s'installa sur un rocher pour surveiller les abords du bouquet de palmiers sous lequel dormaient ses compagnons. Il pensa à Sheewa. Qu'était-il arrivé au singe-araignée juste après qu'ils aient sauté dans la chute d'eau souterraine?

Peu après, Paul grogna dans son sommeil. Penilène lui répondit en poussant un cri bref. Chad tendit l'oreille. Mais les deux jeunes ne faisaient sans doute qu'un mauvais rêve…

✳

Penilène se tenait debout face à la boule de lumière ailée.

La voix douce qui émanait de cette brume opaline était toujours la même. «Une brume de forme sphérique», se dit la jeune fille, car tout comme Paul, elle aimait la précision en chaque chose.

— Je suis heureuse, disait la boule.

Penilène entendit un bruit de pas et se retourna: Paul venait la rejoindre.

Ils vivaient le même rêve et se trouvaient dans une immense salle carrée supportée par des colonnes recouvertes d'orichalque. Cet alliage d'or, de cuivre et d'argent faisait luire la pièce. Mais la lumière provenait surtout de la boule elle-même.

Paul effleura la brume avec ses doigts.

— C'est tiède, constata-t-il.

Penilène retint son souffle, car le jeune blond entrait dans la nappe de brouillard...

Chad se tenait dans le chambranle de la vaste porte et montait la garde.

Penilène se demandait si ce rêve n'était pas plutôt un songe prémonitoire. Paul ressortit enfin de la boule lumineuse.

— Ha! fit la jeune noire en voyant qu'il tenait Vivia par la main.

— Elle était déjà à l'intérieur, expliqua Paul.

Des particules de lumière restaient collées à leurs vêtements.

— C'est magnifique, dedans! Il tendit sa main vers Penilène. Viens!

La jeune noire hésitait.

Pendant l'absence de Paul, des images avaient traversé son esprit. Son tatouage à l'épaule lui avait fait mal.

La voix leur apprit que Vivia avait trouvé son élément. Qu'elle avait empli le creuset de foudre d'eau, et que c'était la bonne chose à faire.

— Vous allez devoir, chacun votre tour, trouver votre propre élément, ajouta-t-elle.

Vivia et Paul retinrent un petit cri de douleur, car leurs tatouages étaient douloureux.

— Je vais vous attendre, dit encore la voix.

Puis, réabsorbé par la lumière, l'écho mourut.

Vint ensuite une obscurité presque totale. Il leur semblait que la boule ailée s'était enfuie, que les colonnes avaient cessé de luire.

Ils s'approchèrent de l'endroit où elle s'était tenue… et l'aperçurent, silencieuse, immobile, congelée depuis des millénaires.

Cette constatation les emplit de frayeur.

Chad étouffa un cri. Puis il fut brutalement projeté contre un mur par une force inconnue.

Paul reconnut le vrombissement caractéristique des armes des soldats du roi Yegor.

Lord Vikram apparut. Menaçant Chad couché sur le dos, il pointa sur lui le bout de sa canne.

Penilène dégaina son sceptre. Mais comment s'en servir à la manière d'une arme ?

Ils s'attendaient à être encerclés et arrêtés.

Au lieu de cela, les hommes se rangèrent derrière leur chef. Celui-ci tendit même la main à Chad pour l'aider à se relever !

Ils échangèrent un long regard.

Ensuite, Lord Vikram et ses soldats disparurent et Penilène, Paul et Vivia se réveillèrent.

Vivia fut la première à parler de son rêve.

— Nous étions tous réunis.

— Vous étiez dans le mien aussi, répondit Paul.

Ils dévisagèrent Penilène qui se frottait le front et les yeux. Elle voyait trouble, mais sentait qu'ils attendaient sa réaction.

— Mes lunettes ! ronchonna-t-elle.

Chad les rejoignit avec le petit déjeuner composé, comme leur souper de la veille, de fruits agrémentés de tranches de cactus.

Ils se sourirent sans conviction. Chad déclara d'emblée que durant son tour de garde, il avait fermé les yeux pendant quelques minutes. Et que pendant ce laps de temps lui était apparue une construction étrange érigée dans une forêt très dense.

— Nous étions à l'intérieur de ce bâtiment, approuva Vivia, et la boule de lumière aussi.

Penilène imposa son idée.

— Il y a sûrement une porte dimensionnelle dans ce temple.

Paul se rappela avoir entendu la voix lui donner un chiffre : 44 suivi de deux 0.

— Moi, compléta Vivia, elle a murmuré à mon oreille : 109 et 60.

Paul émit l'hypothèse qu'il s'agissait peut-être d'une latitude et d'une longitude.

Il exhiba sa montre-gadget : un luxueux cadeau de son père.

— J'entre les deux chiffres dans ma boussole électronique…

— Elle fonctionne encore ? s'étonna Penilène.

La flèche de la boussole indiqua le nord-nord-est.

— En plein sur les montagnes bleues ! déduisit Paul.

— Trouvons le temple et la porte, décida Penilène.

— Mais d'abord, mangeons ! supplia le jeune blond.

Vivia sourit tandis que Penilène faisait une grimace.

Dès qu'ils eurent avalé leur portion de fruits et mâché leurs morceaux de cactus « avec de la mayonnaise, ça aurait été meilleur ! », se plaignit Paul, ils se remirent en route.

Penilène semblait animée d'une énergie nouvelle.

— Dépêchons !

À l'en croire, la forêt, le bâtiment et la porte dimensionnelle étaient presque à portée de main.

Peu avant l'aube, Chad fabriqua un nouveau travois. Vivia s'allongea dessus en s'excusant de nouveau. Elle ne gardait que de brefs souvenirs de son aventure de la nuit. Et, à part le fait que la voix lui avait parlé avec douceur, elle ne se rappelait pas de s'être tenue debout.

En passant devant Paul, Penilène lui dit avec aigreur que sur place, même sans l'œuf ouvre-monde, ils trouveraient un moyen d'activer la porte.

Le jeune blond ne broncha pas.

Cette fille était décidément trop sûre d'elle pour être vraiment fréquentable !

Les Mogalos

Parvenus à la lisière d'un bois, une mangrove infestée d'alligators leur coupa la route. Plus au nord, la végétation n'était plus composée d'arbres exotiques, mais de bouleaux, de hêtres et, même, de sapins.

Chad sortit son sabre et commença à équarrir des troncs. Paul était impressionné par la déconcertante facilité avec laquelle le jeune asiatique faisait les choses. Par souci d'écologie — ils étaient tous d'accord là-dessus —, ils avaient choisi des arbres déjà morts ou malades.

Tandis que Penilène les mettait au défi de construire un radeau, Paul écoutait les consignes de Chad. Il soulevait l'extrémité des troncs et le garçon aux yeux gris passait autour les lianes que Vivia avait patiemment sélectionnées et nouées entre elles.

— Et d'abord, voulut savoir Penilène, comment être sûr que ta boussole nous conduira aux bonnes coordonnées ? Je doute que dans ce monde, la latitude zéro passe comme chez nous par le méridien de Greenwich!

— Gerwersha, pas Greenwich! la corrigea Paul à qui Chad avait déjà tout expliqué.

Et Gerwersha, petite ville du nord de l'Urasie, un continent situé plus à l'est, était bel et bien le Greenwich du monde du Soleil de cendre!

Paul montra les coordonnées entrées dans le micro-ordinateur de sa montre — 44.00 de latitude par 109.60 de longitude — et pointa son doigt en direction des montagnes aux sommets teintés de bleu qui barraient l'horizon vers le nord-nord-est.

Il semblait décontenancé. La faune et la flore du monde du Soleil de cendre étaient semblables, mais aussi différentes de celle de leur monde. Ce qui le mélangeait et le portait quand même à croire que depuis leur départ de l'oasis, ils «sortaient» de l'Arizona et cheminaient en direction d'un double du Wyoming.

Ils mirent leur radeau à l'eau.

Durant les trois heures qui suivirent, la chaleur fut accablante, les vents presque nuls et les alligators très stressants.

Allongée sur le côté, Vivia gardait ses jambes le plus loin possible du bord de l'embarcation. Chad et Paul maniaient chacun une rame taillée par la jeune fille avec le couteau de poche de Chad. Penilène était chargée d'éloigner les prédateurs avec l'arme vibratoire.

À quelques reprises, elle fit feu. Le flux d'énergie équivalait à une tornade en miniature. Quatre alligators d'environ huit mètres chacun valsèrent dans les airs et retombèrent dans d'impressionnantes gerbes d'écume.

— Si j'ai bien compris, Chad, dit Vivia en battant des cils — très pâle, elle avait sommeillé durant les dernières minutes —, tu viens du monde gris, mais tu as été enlevé avec Paul dans le monde doré.

— J'ai grandi et vécu dans le temple d'Ankhinor, répondit Chad, jusqu'à ce que le Maître-abbé…

Ses yeux étaient fixés sur les lointaines montagnes bleues. Revivait-il des souvenirs pénibles ? Ce professeur avait-il été un père pour lui ?

— Le temple a été attaqué et sans doute incendié, termina-t-il. Nous étions trop peu nombreux pour le défendre. Le Maître-abbé n'a pas voulu que je reste pour me battre. Il m'a montré un souterrain. Le temps était venu, pour moi, d'entamer mon voyage.

Le supérieur du temple avait remis à Chad un œuf semblable à celui que Penilène avait donné à Demetor.

— Sauf qu'il n'y avait, à l'intérieur, qu'assez d'eau de foudre pour un seul passage.

— Tu dis que ton temple a été attaqué ? s'indigna Vivia.

— Notre confrérie a toujours fait de l'ombre au gouvernement de la Therasie centrale.

Ensuite, l'adolescent avait trouvé à s'embarquer sur un bateau de pêche, puis sur un gros navire marchand. Travaillant pour payer sa nourriture et son transport, il avait atteint les côtes d'Ancépalomie dans l'illégalité. Fidèle aux instructions que lui donnait la voix dans sa tête, il s'était rendu dans un village nommé Selam : une terre qui avait jadis abrité des sorcières cruellement punies par les hommes.

Là se trouvait une porte dimensionnelle. Chad l'avait franchie, puis il avait marché dans le monde du Soleil doré en direction de l'ouest jusqu'à ce qu'il atteigne le point de rendez-vous — le casse-croûte sur l'autoroute 40 —, et qu'il y rencontre Paul.

— Sheewa était déjà avec toi dans ton monde?

À ce moment-là, d'autres alligators tentèrent de prendre leur radeau d'assaut. L'arme tremblait dans les mains de Penilène. Alors Chad s'en saisit et «nettoya» la mangrove.

Cette dernière attaque les laissa éreintés, assoiffés et affamés. Chad resta seul à la rame, tandis que Paul s'assit. L'adolescent blond trouvait l'exemple donné par Chad à la fois pénible et stimulant, car quoiqu'il arrive, l'Asiatique ne se plaignait jamais. Paul songeait à sa vie «normale» de jeune américain. Télévision, Internet, ordinateur, jeux, profusion de nourriture et de canettes de boissons gazeuses, argent de poche hebdomadaire, piscine et domestiques. Avait-il des regrets?

Il essayait de ne pas y penser. Pour se distraire, il préféra reporter son attention sur Penilène et Vivia qui parlaient à voix basse.

Les deux filles s'échangeaient les creusets.

Tandis que le radeau remontait un cours d'eau sinueux en direction des Grandes bleues, la conversation tourna ensuite autour de cette quête dont leurs tatouages étaient apparemment le symbole.

— Je vous préviens, les avertit Penilène, l'idée de sauver le monde me pue au nez.

Paul s'éclaircit la voix.

— Il n'y a pas si longtemps, je lisais des romans fantastiques racontant les aventures de jeunes qui sauvaient le monde, dit-il. J'ignorais que j'allais me retrouver plongé dans une de ces histoires !

Penilène haussa les épaules.

— Avoue que tu en lis encore !

Paul voulut rétorquer que ces histoires n'étaient ni farfelues ni vides de sens, si c'est ce qu'elle sous-entendait. Bien au contraire ! Leur monde pollué où la guerre, la haine et la course au pouvoir étaient plus que jamais présentes ne courait-il pas à sa perte ? Et ne fallait-il donc pas faire quelque chose pour sauver leur civilisation ?

Penilène prétendait que ce n'était pas l'affaire des jeunes, mais celle des adultes. Bien qu'elle doutât que beaucoup d'entre eux s'en préoccupent vraiment...

Paul repensa à cet immense fleuve rempli d'immondices, situé près de l'île de Java, en Asie, qui charriait chaque jour vers l'océan des tonnes de détritus et de poubelles de toutes sortes.

— Et ce n'est pas de la fiction, ça !

— Les mondes et les hommes méritent-ils vraiment d'être sauvés ? demanda soudain Vivia.

Sa question jeta un froid. Et, malgré la touffeur de l'air, chacun ressentit un frisson glacé dans son dos. Le sujet devenait trop grave à leur goût. Penilène et Paul n'étaient pas loin de penser que sauver le monde était une tâche trop lourde pour des jeunes de 13, 14 et 15 ans.

— La plupart des gars que je connais, lança Paul, ne pensent qu'à l'argent, aux voitures, au football, aux ordinateurs et aux filles.

Penilène fit une grimace en songeant aux adolescentes des côtes est et ouest des États-Unis. Ces pimbêches ne pensaient qu'à être belles et à avoir plus d'argent et de gadgets que les autres. Elles s'enivraient de mode, de MP3, de sorties, de coupes de cheveux, de films, de magazines et de beaux garçons.

Chad s'écria soudain :

— À plat ventre !

Il montra du doigt la crête d'une colline.

Des détonations retentirent. Des minis explosions firent frémir la surface glauque de l'eau autour d'eux.

— On nous tire dessus ! s'effraya Paul.

✳

Une centaine d'indigènes se tenaient de part et d'autre du bras d'eau. Seuls leurs crânes dépassaient. Vivia remarqua leurs coiffes, hautes et tressées d'os.

— On est dans quel film, là ! s'énerva Paul.

Le radeau filait sur l'eau. Un embranchement se dessinait entre des berges constituées de roseaux dressés.

— À droite ou à gauche ? voulut savoir Penilène.

Chad tenait la rame-gouvernail. À son avis, le choix ne dépendait pas de lui.

Vivia aussi avait remarqué que leurs assaillants ne semblaient pas vouloir les abattre, mais plutôt les « diriger ».

Chad considéra les vaguelettes creusées dans l'onde par les balles — toutes situées à bâbord.

— Prenons à droite !

À une cinquantaine de brasses, un flanc de montagne tombait brusquement dans la rivière.

Parvenus au ras de la falaise, ils virent surgir d'autres guerriers. Armés d'étranges fourches, certains arboraient des coiffes à plumes semées d'éclats de cristaux. D'autres avaient la tête rasée et le visage entièrement peint. Seule une longue tresse huilée nouée par des lacets de cuir leur sortait du crâne, ce qui contribuait à leur donner un aspect redoutable.

Ils s'approchèrent du radeau. Chad souleva le pan de son poncho ; plusieurs traits de bois jaillirent. Atteints à la gorge, les guerriers hurlèrent de stupeur.

— Tu les as tués ! s'horrifia Penilène.

— Endormis, rectifia Chad en enroulant une corde autour d'une saillie rocheuse.

D'autres énergumènes les menaçaient de leurs haches.

Chad considéra la falaise.

— Ils semblent vouloir que nous grimpions.

— Mais comment ? se désola Paul.

D'autres guerriers armés de fusils vibratoires s'approchaient.

— Oïy ! Oïy ! scandaient-ils en indiquant le lointain sommet de la falaise.

— Pourquoi font-ils ça ? s'enquit Vivia.

Chad noua les pans des sacs qui contenaient les creusets de la chamane. Puis, il réajusta sur son épaule la sangle de son propre fourre-tout.

Un guerrier sauta par-dessus ses camarades et atterrit devant Chad. Il resta muet de stupeur quand le garçon lui mit son sabre sous le nez.

— Arrière !

L'indigène recula précipitamment.

— Il y aurait bien un moyen pour grimper, fit Paul.

Il tendit sa main vers Penilène.

— Ton sceptre est un gradateur de masse.

La jeune noire comprit en une fraction de seconde.

— Tu n'es pas aussi bête que tu en as l'air, l'Apollon ! railla-t-elle.

Heureusement qu'elle se rappelait comment activer le sceptre ! Elle leva l'objet devant son visage et demanda à ses compagnons de s'y accrocher. Chad et Paul saisirent chacun un nœud de l'Ankh. Penilène tenait fermement l'objet par le milieu.

Chad donna les sacs de la chamane à Vivia et lui tendit son autre main.

Comme par magie, ils s'élevèrent ensuite tous les quatre à la verticale de la paroi.

Les guerriers les regardèrent, médusés, disparaître dans les nuages bas qui enveloppaient le massif.

Le feulement d'un cor troubla le silence. Des soldats du roi Yegor rejoignirent les Amérindiens.

Si leur chef portait une coiffe plus imposante que celle de ses hommes, son visage était celui d'un sage.

Lord Vikram apparut à ses côtés et remit au chef un document dans un sous-main à rabats en cuir noir.

— Ceci est l'acte de propriété que vous réclamez depuis des années, dit-il.

Le chef hocha la tête sans répondre.

Au sommet de la montagne grondait le tonnerre. Le peuple des Mogalos l'appelait « la juste colère de la Terre contre l'abus de tous les hommes ».

— Nous quittons notre forêt ancestrale, déclara alors le chef avant de se détourner, mais nous reviendrons un jour.

Lord Vikram ne répondit pas à cette bravade. Il doutait fort que les Mogalos puissent vraiment un jour revenir en ce lieu qui était désormais, et pour très longtemps, la Terre de Yegor.

Les guerriers se retirèrent.

Lord Vikram sauta sur le radeau abandonné par les quatre jeunes et leva la tête.

Un de ses hommes transportait en bandoulière le transistor dont il se servait pour communiquer avec le palais du roi.

— Préviens Sa Majesté que tout se passe comme prévu, ordonna Lord Vikram.

La marche du feu

En abordant le promontoire granitique, Chad vit le paysage nappé de nuages de fumée jaunâtre. Il fut le premier à réaliser qu'ils n'avaient rien à voir avec des bancs de brume ordinaires…

Il déchira immédiatement une de leurs couvertures et en fit de larges bandes qu'il tendit à Vivia, Paul et Penilène.

— Ne respirez qu'à travers le tissu! recommanda-t-il.

Si l'ascension avait été irréelle et grisante, leur arrivée au faîte de la montagne était angoissante.

À perte de vue s'étendait non pas un sommet ordinaire, c'est-à-dire étroit et conique, mais une sorte de demi-plateau semé de dépressions qui ressemblaient à des cuvettes artificielles. La fumée s'élevait de ces dernières et prenait, à cause du ciel grisâtre, des teintes tour à tour jaunes, mauves et mordorées.

Si le sceptre d'or leur avait permis de léviter sans effort ou presque, ils ressentaient à présent une fatigue psychologique intense. Ils avaient vu le sol s'éloigner ; la rivière devenir un minuscule ruban ; la mangrove un simple moutonnement verdâtre. En outre, le sceptre n'avait rien pu faire contre la sensation de vertige et leur peur de tomber à chaque instant.

Penilène s'était une fois de plus rappelé les prières de son enfance. Chad avait ressassé les paroles de son Maître-abbé qui prétendait, avec raison d'ailleurs, que la peur d'avoir peur était souvent plus néfaste que l'événement lui-même. Vivia avait fermé les yeux. Étrangement, seul Paul les avait gardés ouverts. Il tremblait de tous ses membres et claquait des dents, mais il ne pouvait se résoudre à perdre ne serait-ce qu'une seconde de leur ascension. Ils volaient ! Et ce simple fait lui paraissait merveilleux.

— Ne restons pas là, dit encore Chad pendant que ses compagnons plaquaient le morceau de tissu sur leur visage.

Il rendit le sceptre à Penilène, hissa Vivia sur ses épaules.

— Cette montagne doit être un immense volcan… fit remarquer Paul.

Il laissa sa voix en suspend, comme s'il se ménageait quelque suspense.

— Ces vapeurs doivent contenir des gaz toxiques, ajouta-t-il.

Considérant la grimace que fit Penilène, il comprit qu'il aurait mieux fait de se taire. Pourtant, c'était plus fort que lui. Lorsqu'il savait quelque chose — spécialement un fait intéressant —, il devait l'exprimer à voix haute.

— Allons! fit Chad d'un ton sec. Et attention où vous mettez les pieds!

Une brume plus opaque flottait au niveau de leurs chevilles et masquait les irrégularités du sol. De plus, l'air chauffé à blanc donnait aux rochers des allures de blocs de beurre dégoulinant.

Une centaine de mètres plus loin, la terre trembla. De temps en temps, la croûte qui recouvrait les dépressions se fendillait et laissait s'échapper de minces colonnes de gaz.

— Des geysers! Il ne manquait plus que ça! se récria Penilène.

Aurait-elle accepté de fuir le palais du roi Yegor si elle avait su d'avance les dangers auxquels elle s'exposait?

— Lord Vikram ne doit pas nous reprendre, décida-t-elle. J'ai entendu un jour le roi prétendre qu'il avait besoin de nous pour terminer de construire sa tour.

L'information ne suscita aucune réaction, car même s'ils étaient curieux de comprendre à quoi rimait cette «quête des quatre éléments», ils avaient trop peur de tomber dans un geyser pour réfléchir en marchant.

Chad progressait sur une surface molle. Vivia sommeillait sur ses épaules.

Soudain, la jeune fille se réveilla en sursaut. Son mouvement brusque déséquilibra Chad.

Un effroyable craquement retentit. La croute céda. Chad saisit la main de Vivia.

Une sorte de chambre souterraine brûlante et enfumée s'ouvrit sous eux.

Terrorisée, l'adolescente s'accrocha à Chad. L'anse des sacs de la chamane était heureusement passée autour de son poignet. Mais le poids conjugué des creusets et des plaques d'orichalque lui déchirait le bras.

Vivia se contorsionna. Le col des sacs s'ouvrit...

— Attention! s'écria Penilène.

Trois plaques tombèrent dans le vide.

Catastrophée, Vivia les vit disparaître une cinquantaine de mètres plus bas dans une mare de lave bouillonnante.

— Cesse de t'agiter! Reste calme! lui recommanda Chad.

Paul lui prêta main-forte et, ensemble, ils parvinrent à hisser Vivia sur le surplomb.

Toussant, transpirant, épuisés, ils prirent enfin conscience qu'ils étaient piégés dans la gueule d'un volcan encore en activité.

Vivia pleurait.

— Je suis désolée! Si désolée! Les manuscrits, la quête...

Chad esquissa un geste, mais ne l'acheva pas. Seule Penilène aurait pu la consoler. Mais à bout de nerfs, la jeune noire se laissa tomber sur le sol et décida d'attendre la mort.

Sans doute à cause des effets conjugués de la chaleur et des gaz, Paul avait le visage rouge et enflé.

— Estrayan n'a plus qu'à venir nous cueillir, bredouilla-t-il.

Chad réagit le premier.

Il souleva Vivia dans ses bras et la replaça sur son dos. Il saisit ensuite les sacs de la chamane, s'assura que le sien était bien fixé à sa taille sous le poncho, et dit :

— Gagnons ces hauteurs, là-bas. Ne marchez que sur du solide !

L'habitude de l'entraînement, des difficultés et des privations reprenait le dessus.

Lorsqu'ils le virent disparaître au milieu des colonnes de fumée, l'idée de rester seuls eut raison de la torpeur de Paul et de Penilène.

Comme l'avait prévu Chad, ils atteignirent le pourtour du cratère et purent non seulement se reposer, mais aussi respirer un air plus pur.

Le jeune asiatique leur distribua les fruits — dattes, bananes et morceaux de noix de coco — qui lui restait des provisions accumulées durant leur séjour dans l'oasis. Ils burent aussi un peu d'eau, mais pas trop, car Chad insistait pour en garder.

— Et maintenant ? s'enquit Penilène, un tantinet honteuse d'avoir cédé au désespoir.

— Dormons.

Vivia se désola encore. À cause de sa maladresse, ils avaient perdu trois des quatre plaques du manuscrit. Il ne leur restait que celle où l'on voyait une jeune fille en apesanteur, au-dessus d'un étang, en train de récolter un éclair dans un creuset de métal. Soit, sa quête de l'eau : ce qui ne les aidait en rien pour la suite de leur mission.

— Et si Lord Vikram et ses hommes nous rattrapent ? s'écria Paul.

Chad grommela que l'homme en rouge n'avait pas reparu de la journée. Il était donc peu probable qu'il les suive sur les flancs du volcan.

Cependant, l'idée que cet homme déterminé puisse avoir peur était ridicule.

Pour arranger les choses, un orage sec éclata avec des éclairs et de la cendre, ce qui les empêcha de fermer l'œil.

＊

Au milieu de la nuit, une secousse sismique plus violente que les autres fit s'entrechoquer les bandes de rochers sur lesquels ils avaient trouvé refuge.

— Oh! s'exclama Vivia, émerveillée. Regardez! La foudre…

Certains éclairs frappaient le sol alors que d'autres ne faisaient que zébrer le ciel. À la lueur éclatante de ces explosions aériennes, il leur semblait que les yeux de Vivia se constellaient d'étoiles. La jeune fille vivait-elle une nouvelle transe?

— Le feu, bredouilla-t-elle…

La croûte recouvrant certaines cuvettes se fendillait, fondait. Apparaissaient alors de véritables étangs de lave ardente.

C'était à la fois beau et terrifiant.

— La quête de l'élément feu, précisa Penilène.

Regardait-elle Paul?

Celui-ci le crut peut-être, car il se rebiffa :

— Je déteste le feu! Quand j'étais petit (il montra sa main et une supposée cicatrice), je me suis brûlé en jouant près de la cheminée. Depuis, je… Mais pourquoi moi? Pourquoi pas toi?

Ce fut au tour de Penilène de se rebiffer.

Chad se leva.

— Je vais y aller, dit-il simplement.

Vivia sourit. Elle en était sûre! L'élément feu ne pouvait correspondre qu'à ce garçon mystérieux au sang-froid étonnant.

Ils le virent prendre le creuset en orichalque. Avant de s'éloigner, Chad ôta son poncho et le confia à Paul. Il ne garderait sur le dos que son armure légère faite de fines plaques de métal et de pièces en cuir, et ses gantelets.

— Et rapporte-nous quelque chose de bien cuit! plaisanta le jeune blond.

Penilène le traita d'idiot.

Chad gagna la berge d'un étang en feu et avisa les nappes de rochers qui surnageaient en grésillant. Il tenta ensuite de déterminer s'il avait vraiment besoin, pour récolter la lave la plus « énergisée », d'aller la chercher au centre de la cuvette. Ou bien si une lave plus foncée et plus compacte, qu'il récolterait sur la rive, serait tout aussi efficace.

Et efficace pour quoi, au juste?

Aucun d'eux ne le savait. En fait, se dit-il avec un brin d'ironie, ils ne savaient pas grand-chose. Il se retourna. Il faisait noir, mais les « éclairs volants », comme les appelait Vivia, donnaient assez de lumière pour qu'il puisse voir ses compagnons serrés les uns contre les autres sur l'entablement rocheux.

Lentement, Chad ouvrit son creuset. Il inclina ensuite le bec sous la surface de lave.

Son visage et son corps étaient en feu. Heureusement, ses gants absorbaient la chaleur. Respirer devenait un calvaire. Il craignait à chaque instant que ses genoux ne soient léchés par la lave. Que le tissu de son pantalon s'enflamme.

« Reste calme et respire malgré tout… »

Il se rappela la fois où, après avoir subi ses derniers examens, son Maître-abbé lui avait demandé de transporter une énorme jarre de métal sur une cinquantaine de mètres. La jarre était ronde, remplie d'eau bouillante et peinte de dragons et d'oriflammes. Il l'avait saisi à bras le corps — l'unique façon de s'y prendre. En la soulevant, il avait hurlé de douleur. Ses avant-bras étaient littéralement en feu ou à tout le moins chauffés à blanc. Il sentait ses chairs brûler. La sueur coulait dans ses yeux et sur ses joues, mais il avait transporté la jarre, un pas après l'autre, jusqu'au lieu désigné par le maître.

Aujourd'hui encore, des stries sombres labouraient l'intérieur de ses avant-bras. Leur symbolique était clair : persévérance, loyauté, détermination, courage.

Chad se relevait quand le sol trembla de nouveau. Un vacarme épouvantable retentit. Il regarda du côté de l'entablement rocheux où l'attendaient ses compagnons, et se raidit.

Les roches avaient glissé dans le précipice voisin !

Il chercha des yeux s'il y avait des survivants…

Puis, il entendit Paul qui hurlait :

— Les filles ! On a perdu les filles !

Prisonnières

Attachées dos à dos sous une tente qui sentait les herbes et le vieux cuir, Penilène et Vivia reprenaient lentement connaissance.

La première réaction de la jeune New-Yorkaise fut la panique, car elle n'y voyait plus rien. Avait-elle cette fois carrément perdu la vue? Elle sentit Vivia bouger contre elle et se rassura un peu : au moins, elle n'était pas seule !

— On nous a bandé les yeux, murmura Vivia.

Chad était parti recueillir le feu. Elles l'avaient observé tandis qu'il s'approchait de l'étang embrasé. Puis il y avait eu un nouveau tremblement de terre. Le socle de pierre s'était détaché de l'entablement.

Paul avait glissé, mais Vivia et elle s'étaient accrochées au fragment de granite qui avait basculé sur le versant en pente.

«Nous avons dû nous évanouir, se dit Vivia, et... »

Un bruit retint son attention — comme une étoffe de tissu que l'on déplace.

Penilène entendit quelqu'un toussoter. Une main ôta son bâillon et ouvrit sa bouche.

Elle tenta de résister, mais la poigne se fit plus ferme. Elle sentit un liquide couler dans sa gorge. La jeune noire essaya de hurler, mais elle s'étrangla à moitié. Ensuite, on la lâcha.

Vivia eut une réaction différente.

— C'est bon, merci, dit-elle en s'adressant à leur mystérieux agresseur.

Alors seulement Penilène se rendit compte que ce qu'elle venait de boire était une sorte de thé à la menthe ou à la verveine.

Leur visiteur ressortit.

Penilène allait demander à Vivia si elle avait pu voir le visage de l'homme, mais elle s'aperçut qu'elle était de nouveau bâillonnée. Quelques secondes plus tard, une langueur glacée s'empara de ses membres. Lorsque le malaise atteignit son cœur, elle fut persuadée d'avoir été empoisonnée. Elle maudit alors cette vie d'aventures qui l'avait entraînée loin de sa famille, puis elle sombra dans une torpeur peuplée d'images issues de ses souvenirs.

Vivia craignait, elle aussi, la paralysie qui gagnait ses bras. Mais elle avait vu l'homme ainsi que ses yeux.

Si elle se rappelait bien les vêtements et la coiffe des guerriers qui les avaient attaqués au pied du volcan, elle pouvait en déduire que leur visiteur était un homme important ou un sorcier, car son couvre-chef et sa longue tunique de peau rappelaient les ornements que portait Xinéa.

Il avait retiré son bâillon et tenu sa nuque pour lui permettre de boire. Il n'avait pas prononcé un seul mot. Malgré cela, Vivia restait sereine. Et c'est en se rappelant Chad et sa quête du feu qu'elle se laissa emporter par le sommeil…

Le rêve qu'elle fit était des plus étranges et, en même temps, fascinant. Elle s'était attendue à revoir la boule de lumière ailée, à entendre la voix douce parler dans sa tête.

Au lieu de cela, elle planait dans un ciel nocturne et se dirigeait vers une petite porte de lumière. Elle se concentra davantage et souhaita se retrouver dans cette lumière invitante.

L'obscurité se déchira brusquement et elle flotta au plafond de ce qui ressemblait à un bureau de travail. Les meubles étaient faits d'un matériau lisse et translucide, mais il y avait aussi des boiseries et des bibliothèques non pas remplies de livres, mais de boules de cristal de différentes couleurs.

Sans qu'elle sache pourquoi, Vivia sut que ces boules étaient effectivement des livres et que, d'une certaine manière, elle connaissait ce lieu.

Un homme était assis au bureau. Les mains posées à plat devant lui, il semblait prier.

Sa pensée ressemblait à un nuage de fumée. À l'intérieur, Vivia vit se dessiner des images.

D'abord, celle d'une petite fille qui joue avec son père. Puis, cette même enfant, les joues mouillées de larmes, qui lui faisait ses adieux avant de tomber dans un puits profond.

Vivia ressentit à cet instant toute l'inquiétude de ce père, et son espoir, aussi, que sa fille se rendrait à bon port.

Une troisième image prit forme et la rassura sur le sort de l'enfant. La fillette était recueillie par une femme aimante qui l'embrassait.

L'enfant disait ensuite à sa nouvelle mère : « Je suis venue. J'apporte avec moi l'espoir, la paix, la lumière et l'énergie du monde du Soleil de cristal. »

Soudain, alors que Vivia planait toujours, l'homme la dévisagea comme s'il pouvait réellement la voir.

— Ma fille ! s'écria-t-il.

Vivia se sentit tirée vers le bas. Le bureau, les étagères, la belle lumière qui entrait dans la pièce et l'homme lui-même — tout disparut dans un tourbillon effrayant.

Elle se réveilla et poussa sous son bâillon un petit cri de stupeur.

Une femme inconnue était penchée sur elle.

L'adolescente n'était plus attachée, mais étendue, les jambes nues, sur une couverture de laine.

Elle songea à Penilène. Où sa compagne avait-elle été transportée ?

La femme préparait une mixture pâteuse dans un récipient en bois.

— Ne sois pas inquiète, dit-elle avec un accent à couper au couteau.

Vivia sursauta quand la femme indigène appliqua une mixture terreuse et froide sur ses jambes.

Au même instant, Penilène hurla.

L'homme qui leur avait fait boire le somnifère était agenouillé près d'elle et il badigeonnait ses paupières avec la même matière gluante.

Chez l'ennemi

Le camp hâtivement dressé au creux d'un vallon paraissait désert. Quelques tentes, un feu de bois entretenu par une femme, et, tout autour, plusieurs véhicules sans roues. Ce n'étaient ni des chariots comme en avaient les pionniers de l'Ouest américain au XIXe siècle, ni des véhicules à quatre roues motrices comme ceux des cowboys modernes de la région de Williams, en Arizona.

Une fois encore, Paul n'arrivait pas à comprendre comment fonctionnait ce monde. Moderne ou pas ? Ce mélange de technologie — les véhicules non polluants et les armes vibratoires d'une part ; et d'autre part, ces hommes qui portaient des coiffes de plumes sur la tête — était déconcertant.

Les deux garçons avaient dévalé le flanc du volcan et suivi les traces de ceux qui avaient enlevé Vivia et Penilène : des marques laissées par les flotteurs antigravité de ces véhicules qui roulaient sans essence.

Ils s'approchèrent sans un bruit… ou presque !

— Cesse de claquer des dents, dit Chad en serrant le bras du jeune blond.

— On dirait qu'il n'y a personne.

— Là ! fit Chad en indiquant une tente.

Un homme affublé d'un impressionnant panache de plumes en sortait. Dans ses mains il tenait une spatule en bois et un récipient en terre, et sur le dos…

— Les sacs de la chamane ! s'étonna Paul. C'est Penny qui les avait.

Chad sortit doucement trois fléchettes de sa cartouchière. Puis il rampa en direction de l'homme.

Soudain, il bondit…

— Halte ! s'écria alors le sorcier.

Une vive lumière jaillit. Paul reconnut le faisceau d'une lampe de poche moderne.

— Attends, mon garçon, répéta le vieillard comme Chad s'apprêtait à l'assommer. Je suis envoyé par Xinéa.

Le vieillard leva ses deux mains ouvertes devant son visage en signe de paix et d'amitié. Chad rangea ses fléchettes et répondit de même.

— Tu peux demander à ton ami de s'approcher, ajouta l'inconnu.

Alertées par le bruit, des femmes sortaient des tentes voisines. L'homme les rassura d'un geste. Puis, il invita Chad et Paul à venir se réchauffer près du feu.

Le jeune blond attendit que Chad parle le premier. Mais comme celui-ci acceptait en silence le bouillon et les légumes que lui tendait le chaman, il laissa tomber, hésitant :

— Heu… je ne comprends pas.

Le sorcier des Mogalos le regarda comme s'il avait affaire à un garçon timoré, car il était évident que Paul ne comprenait pas grand-chose.

Il lui tendit un bol de bouillon et se mit à parler.

L'univers du monde du Soleil de cendre n'était guère différent de celui d'où venaient Paul et Penilène.

— On trouve, ici, dit-il, des gouvernements qui tentent de faire bonne figure, des peuples ignorants qui s'étourdissent de plaisirs futiles, et des forces souterraines qui essayent d'accroitre leur prestige et leur pouvoir.

L'homme les informa ensuite qu'eux, les Mogalos, faisaient parti des peuples fondateurs de cette terre, l'Ancépalomie, comme l'appelaient les hommes blancs qui s'étaient installés sur le continent 300 ans plus tôt. Comme les Chimoèques, les Mogalos avaient peu à peu été chassés de leurs terres ancestrales. Dernièrement, le roi Yegor était venu à bout des Chimoèques.

— Vous connaissiez donc Xinéa? s'enquit Paul en se régalant du bouillon et des légumes — des cactus, mais cuits et salés à point! — tout en pensant qu'une pizza au pepperoni aussi aurait été la bienvenue.

— Nous, chamans des peuples d'origine, poursuivit le sorcier, nous nous sommes affrontés durant des siècles. Mais depuis que les peuples d'Urasie sont venus en conquérants, nous nous sommes unis.

Ils discutèrent ainsi pendant des heures jusqu'à ce que le jour se lève et que les nuages reviennent voiler l'éclat du soleil.

À propos de ces nuages, Emrock, le chaman, leur raconta qu'ils provenaient en partie du monde du Soleil doré du dessus.

— Vous connaissez l'existence de mon univers ! s'étonna Paul.

Emrock exhiba le bandeau qu'il portait sous sa coiffe. Constitué de trois cercles ou soleils soudés les uns aux autres, ce symbole présentait des similitudes avec les tatouages que portait chacun des quatre jeunes sur l'épaule.

— Vous savez ça aussi !

— Xinéa était persuadée que vous deviez venir, dit-il, et, comme souvent d'ailleurs, elle avait raison.

Chad voulut lui demander s'il savait quel était, exactement, le but de leur quête. Mais Paul tenait à savoir pourquoi les guerriers mogalos les avaient attaqués, la veille.

Emrock prit un air grave.

— Le roi Yegor convoite nos terres depuis son accession au trône, avoua-t-il.

Devant un troisième bol de bouillon auquel il ajouta des quignons de pain, il leur expliqua que Yegor était obsédé par l'idée de cette tour qu'il construisait au cœur de sa cité. Pour y parvenir, il devait lutter aussi bien contre l'opinion de son propre peuple que contre les rebelles qui se cachaient un peu partout dans les déserts du continent.

— Yegor doit également se battre contre le temps.

Si Lord Vikram avait obligé les Mogalos à attaquer les quatre jeunes, c'était justement pour les forcer à se rendre sur le cratère du volcan.

146

— En récompense de cet acte de soumission, mon peuple a reçu les documents de propriété d'une autre terre où nous devons nous installer sans délai. Les hommes de mon peuple ainsi que notre chef sont déjà partis en avant-garde.

«Youkoto, le volcan, ajouta Emrock, était en colère. Le poids des nuages, les tremblements de terre, l'activité volcanique en Ancépalomie, mais aussi partout sur la planète, étaient les signes avant-coureurs de la prochaine fin des temps annoncée par toutes les anciennes civilisations.»

Ces signes sont révélés autant dans notre monde que dans le vôtre, jeune homme, ajouta le vieillard en s'adressant particulièrement à Paul.

Chad gardait le silence. Le jour pointait paresseusement derrière les vallons.

Emrock leur tendit les sacs de Xinéa. Il en sortit les trois creusets ainsi que la dernière plaque du manuscrit.

— Cela me fait penser, dit Paul, qu'il faudrait récupérer le creuset du feu.

Peu avant qu'ils n'atteignent le camp des Mogalos, Chad l'avait en effet caché derrière un rocher.

— Tout à l'heure, je vous ai dit, poursuivit Emrock, que Xinéa m'avait parlé de vous…

Il ajouta le plus sérieusement du monde que l'âme de la chamane l'avait contacté, après sa mort, pour lui demander d'aider les jeunes étrangers dans leur quête des quatre éléments.

— Après sa mort? répéta Paul, décontenancé.

— Oui. Mais cela n'est pas important. L'important…

Il toucha du doigt le creuset en argile.

— Celui-ci est destiné à contenir l'élément terre.

Un cri déchira le camp.

— Ça vient de cette tente! indiqua Chad en se levant d'un bond.

— Les filles! s'exclama Paul.

Trop affamés et énervés, ils les avaient complètement oubliées.

Vivia sortit de la tente et marcha vers eux. Elle ne portait que le haut de son vêtement de peau qui flottait sur ses cuisses, et ses jambes étaient noires de terre.

Chad se tourna vers Emrock.

— Notre terre a le pouvoir de guérir certaines maladies, expliqua celui-ci.

— Je marche! bredouillait Vivia, émerveillée.

Elle tendit les bras vers Chad.

Le visage ovale de la jeune fille, ses yeux pétillants ni bruns ni verts et ses longs cheveux sombres lui donnaient des allures de sirène. Elle pleurait de joie.

Quelques secondes plus tard, Penilène sortit à son tour. Échevelée et hagarde, elle reconnut Chad et Paul, ce qui sembla la rassurer. Mais lorsqu'elle aperçut Vivia près de l'homme qui les avait «empoisonnées», elle hurla de nouveau.

Emrock éclata de rire. Une femme mogalos offrit du bouillon et des légumes aux jeunes filles.

Essuyant son visage maculé de terre, Penilène consentit enfin à s'approcher du feu.

— J'espère, mademoiselle, dit Emrock, que vous ne nous en voudrez pas de vous avoir rendu vos yeux!

Alors seulement la jeune noire se rendit compte qu'elle n'avait plus besoin de lunettes pour y voir clair. Un peu honteuse, elle baissa la tête.

Le sorcier attendit que les deux filles se soient restaurées. Puis, il se leva et dit :

— Il est temps, à présent, d'aller recueillir la « terre de foudre ».

Il regarda tour à tour Paul et Penilène.

— Lequel d'entre vous se sent des affinités avec la Terre ?

Paul haussa les épaules. Il n'avait d'attirance ni pour le feu ni pour la terre, qu'il avait toujours trouvé froide et repoussante.

— La terre, ajouta Emrock, c'est la force, le jugement sûr, la stabilité dans toute chose. La terre prend aussi soin de nous.

Ces derniers mots résonnèrent aux oreilles de Penilène. Ne s'était-elle pas dévouée à sa famille pendant des mois ?

— Je vais y aller, décida-t-elle sur un ton grognon. Que dois-je faire, au juste ?

Le chaman lui tendit le creuset en argile.

Jetant un regard de biais à Vivia, qui avait perdu les plaques du manuscrit, Penilène grommela qu'elle aurait bien aimé, pour la guider, consulter d'abord la plaque parlant de la quête de l'élément terre.

— Vas-y ! l'encouragea Vivia. Chad et moi l'avons bien fait.

La New-Yorkaise grimaça. Vivia croyait-elle la rassurer en lui jetant à la figure qu'elle et Chad avaient réussi sans aide ?

Paul lui adressa un sourire franc.

«Dieu que cet Apollon qui se croit séduisant a l'air idiot, parfois! » songea Penilène.

Elle prit le creuset des mains d'Emrock et quitta le camp dans la direction qu'il lui indiquait.

Où allait-elle trouver la terre chargée de foudre? Et comment s'y prendre? De vieilles peurs revenaient la hanter. Celle, entre autres, d'échouer. Elle eut le geste familier de rajuster ses lunettes sur son nez. Ne les trouvant pas, elle sentit son cœur cogner dans sa poitrine.

Cette quête, mais aussi toute cette aventure, ne lui disait toujours rien qui vaille…

✳

Chad fixa le chaman au fond des yeux :

— Quel est le but de cette quête des quatre éléments?

Emrock parut surpris.

— Je croyais que la voix dans vos rêves vous avait prévenus.

— …

Le visage du vieil homme s'arrondit alors d'un sourire bon enfant.

— Les quatre éléments, dit-il, vous serviront à délivrer la boule de lumière ailée.

La quête de l'élément terre

Penilène n'en menait pas large. À chaque pas qui l'éloignait de ses compagnons, elle se rendait compte combien elle s'était habituée à eux. L'idée même de cette dépendance l'agaçait au plus haut point.

Craignant d'apercevoir leurs visages, elle évitait de se retourner.

«Pas question qu'ils me prennent pour une froussarde!»

Chad et Vivia avaient rempli leurs creusets. Pourquoi pas elle?

Elle suivit un sentier de montagne. Les énormes blocs en équilibre au-dessus de sa tête menaçaient de tomber à chaque instant. Au moindre souffle de vent, à la plus petite secousse sismique, elle serait écrasée comme un vulgaire insecte.

Les premières instructions du sorcier avaient été claires.

«Au sommet du défilé se trouve le plateau ancestral de Maarpah. Il y a en cette saison bien des orages. Observe où tombent les éclairs et marche vers eux. »

Penilène rit tout haut.

Marcher vers les éclairs ! Autant se jeter à plat ventre sous un train.

Le sorcier avait ajouté que, cette année, le nombre des orages était exceptionnel. Un mot qu'il avait sans doute utilisé pour en éviter un autre, plus inquiétant. Car Penilène sentait que cette concentration d'éclairs n'était pas un phénomène si naturel que ça.

Pendant qu'elle escaladait, la foudre illumina le plafond de nuages.

Penilène avançait à contrecœur. Comment avouer au sorcier et à ses amis qu'elle se sentait étrangère à cette quête des éléments ? Que si la voix, dans ses rêves et dans sa tête, lui avait été d'un précieux secours durant ses longs mois de captivité, elle ne souhaitait maintenant plus qu'une chose : rentrer chez elle.

Elle atteignit finalement le sommet. Semé de pierrailles, vide et gris à l'infini, le plateau de Maarpah ressemblait à un temple à ciel ouvert.

Un éclair fendit les nuages. Heureusement que ses yeux étaient protégés par le masque spécial que lui avait prêté Emrock !

Ses yeux.

Penilène n'en revenait toujours pas. Était-ce la boue dont on avait badigeonné ses paupières ? La drogue qu'elle avait ingurgitée ? Mais le sorcier mogalos avait raison : elle y voyait bien mieux qu'avec ses lunettes ! Elle souhaita pouvoir se regarder dans un miroir. Mais presque aussitôt, elle songea qu'elle devait ressembler à un épouvantail.

La jeune fille respirait au rythme de la foudre qui frappait le sol. Chaque fois, la terre tremblait sous ses pas. Des gerbes de fumée s'élevaient.

Dans son monde, lorsqu'elle vivait encore à New York dans le Queens, elle ne se souvenait pas d'avoir déjà vu un éclair toucher la terre. Pendant des orages, elle en avait vu zébrer le ciel — comme tout le monde. Mais atteindre le sol, jamais !

Il lui semblait pourtant qu'au-dessus du plateau de Maarpah, les plus gros éclairs ne faisaient que traverser la voûte céleste. Et que, en fait, seuls les plus petits, les plus fins et sans doute les moins redoutables s'écrasaient au sol.

Elle régla la lentille du viseur intégré à son masque. Un éclair plus violent que les autres tomba à une centaine de pas. La vibration du choc la fit tressaillir des pieds à la tête.

Elle tenait son creuset comme une ancienne prêtresse d'Athéna ou d'Avallon tenait son offrande aux dieux.

Elle se rappela les instructions du chaman.

« Tu chercheras un endroit sans caillou où de la fumée s'échappe du sol. Là, tu trouveras la terre la plus rare et la plus riche en foudre. »

Elle essayait de se rappeler ses cours de physique. Pouvait-elle être foudroyée par un éclair ? Dans un endroit aussi riche en foudre comme s'en vantait Emrock ; un lieu sans arbre pour servir de paratonnerre…

La pointe de son masque servait peut-être à éloigner la foudre « directe ». Mais qu'en était-il des explosions qui pouvaient la pulvériser à tout moment ?

Son corps était mouillé de sueur.

Elle pensa à Paul qui avait refusé la quête du feu et celle de la terre.

«Quel poltron!»

À moitié rassurée par son analyse, Penilène s'agenouilla devant la première cuvette. Guettant le ciel, elle posa son creuset, inspira à fond.

Remplir ce récipient en argile signifiait accomplir son devoir — comme le lui avait dit le sorcier. Mais où cette quête les mènerait-elle?

Son idée fixe de trouver une nouvelle porte dimensionnelle revint la hanter.

D'autres grondements de tonnerre secouaient le plateau. Elle ôta le couvercle du creuset, réfléchit encore à ce qu'elle voulait vraiment.

La décision s'imposa d'elle-même.

✳

En regagnant le camp, elle fut étonnée de ressentir autant de joie à l'idée de revoir ses trois compagnons. Son creuset sous le bras, elle souriait.

— Tenez! dit-elle au sorcier. Le voici, votre creuset!

Le vieil homme baissa la tête en signe d'acceptation, mais il refusa le récipient.

— C'est le tien, désormais.

Vivia prit spontanément Penilène contre elle.

— J'ai eu si peur que tu ne reviennes pas!

— Bravo, la confiance règne! répliqua la New-Yorkaise.

Seul Chad restait silencieux. Adossé au véhicule motorisé du sorcier, il se tenait les bras croisés sur la poitrine, le menton dans le cou, l'air songeur.

Le sorcier abrégea leurs retrouvailles.

— Maintenant, dit-il, je dois vous conduire. Montez !

Un peu surpris, ils prirent place dans le véhicule.

— Ça marche à quoi ? s'enquit Paul.

— Magnétisme, laissa tomber Emrock.

Le chaman progressa dans la montagne en direction de l'est. Derrière eux se profilaient les flancs du volcan.

— Et vous nous conduisez où comme ça ? voulut savoir Penilène.

Emrock grommela une réponse indistincte.

Au bout d'une heure, alors qu'ils n'en finissaient pas de monter, Penilène chuchota dans le cou de Paul qu'elle n'aimait pas ça. Un coup d'œil à Chad, qui devait avoir l'habitude de flairer le danger comme un loup sa proie, ne la rassura guère.

Enfin, Emrock s'arrêta.

L'endroit était désolé, venteux et bordé par un large précipice. On ne voyait nulle part trace de végétation.

Vivia poussa un cri et recula précipitamment.

Chad, lui, se pencha pour inspecter la saillie rocheuse.

Ils avaient une vue imprenable sur des vallées, des encaissements vertigineux, des pics aux neiges éternelles et sur des falaises impressionnantes.

— Où sommes-nous ? hasarda Paul.

— Sur les lieux de la dernière quête, annonça le sorcier en remontant dans son engin.

— Comment ? se révolta Penilène, vous nous laissez !

— Ma tâche est terminée. La vôtre se poursuit.

— Mais, insista la jeune noire, nous ne pouvez pas!

Le véhicule s'éleva d'une vingtaine de centimètres. Monté sur un coussin d'air, il n'irait pas plus haut. Il fit brusquement volte-face, puis s'éloigna.

Penilène et Paul se regardèrent.

— Il nous a vraiment abandonnés, répéta le jeune blond, penaud.

— Le lâche! s'emporta Penilène.

Vivia s'approcha de Paul et lui remit le dernier creuset. De forme oblongue, coulé dans un métal léger et argenté, ce quatrième creuset ne ressemblait pas aux autres.

— Je ne sais pas comment tu dois t'y prendre pour capturer le vent, Paul, dit-elle, mais c'est ton tour.

Penilène ne put retenir une réplique cinglante :

— Bien sûr qu'on l'ignore! Tu as perdu le mode d'emploi!

«Elle commence à m'énerver, celle-là», pensa Vivia tout en se sentant quand même un peu coupable.

Soudain, les rochers alentour se mirent à trembler. Une silhouette familière apparut, juchée sur une plateforme luminescente.

— Rassure-toi, jeune homme, annonça Lord Vikram, moi je sais comment tu dois faire…

Il leva une main : une vingtaine de soldats sortirent du couvert des rochers.

— C'était un piège! éructa Penilène. Le sorcier nous a trahis.

— Il ne savait sans doute pas que Vikram nous guettait, le défendit Vivia.

— Mon œil !

Les hommes du roi formèrent un demi-cercle et les mirent en joue. Instinctivement, les quatre jeunes reculèrent jusqu'au bord du précipice.

Vikram tendit les bras au-dessus de sa tête.

Une crevasse s'ouvrit dans le sol entre eux et les soldats.

— Je vous souhaite bonne chance ! leur lança l'homme en rouge.

La plaque de granite sur laquelle ils se tenaient se brisa nette. Puis, dans un vacarme épouvantable, elle bascula dans le vide.

Le saut de l'ange

Chad arracha le sceptre des mains de Penilène, l'activa et l'aimanta à la roche. Sitôt collé contre la paroi, le gradateur de masse agit de lui-même.

Au lieu de tomber, le fragment flotta dans les airs comme s'il ne pesait plus rien. La main serrée autour de l'Ankh, Chad ordonna mentalement à leur étrange véhicule de se stabiliser, puis de s'éloigner lentement du promontoire.

Contre toute attente, l'Ankh se plia à sa volonté.

En voyant les quatre étrangers manier aussi bien l'ancienne technologie du sceptre, l'homme en rouge hocha la tête d'un air entendu.

Se tenant les uns aux autres, les quatre jeunes entendaient l'air siffler à leurs oreilles. Ils traversèrent une épaisse couche de nuages, et découvrirent à l'intérieur une véritable pouponnière d'éclairs.

— Fermez les yeux ! lança Penilène.

Paul prétendit que ce ne serait pas suffisant et que, s'ils en réchappaient, ils y perdraient certainement la vue.

Vivia tenait les sacs de la chamane et gémissait sous l'effort.

— Aide-la ! demanda Chad à Paul.

— Il ne t'entend pas ! geignit Vivia. Il est contacté.

«Ton tour est arrivé», disait à Paul la voix de la boule de lumière ailée.

Tandis que Chad pilotait hors du nuage, Paul sortit d'un sac le creuset de l'élément air. Le tenant d'une main ferme tout en s'agrippant au rocher de l'autre, il visa la nuée d'éclairs.

L'un d'eux dévia de sa course et fila droit dans la jarre de métal.

Penilène se prépara au choc. Mais s'ils sentirent un courant passer dans leurs corps, ils ne furent pas réduits en cendres.

Chad restait concentré sur le sceptre. «Vole un poil plus à droite. Incline-toi sur la gauche. Reste en équilibre. Descends doucement.»

Toutes ces pensées n'étaient pas conscientes. En fait, il ne faisait que visualiser la direction à suivre et le sceptre se chargeait de manœuvrer le fragment de roche selon son schéma de pensée.

Volant à faible altitude, ils survolaient maintenant des collines enchâssées dans une immense vallée semée de cultures et de champs en friche. Des maisons éparses apparurent ; ils approchaient des faubourgs d'une ville.

Ils coupèrent la trajectoire de plusieurs machines volantes de surveillance. Étaient-elles pilotées par des hommes ou bien entièrement automatisées ?

Chad demanda à Paul de consulter sa montre-boussole. Par où fallait-il se diriger pour suivre les coordonnées que leur avait données la voix dans leur tête ?

Ils obliquèrent vers le nord-est, rasèrent une tour d'observation érigée au sommet d'un monticule.

Paul n'avait presque rien vu de la ville ; ses maisons, ses bâtiments, ses rues et ses habitants. Il avait peur qu'en volant aussi bas, ils n'accrochent des pylônes ou des lignes à haute tension.

Il cria les coordonnées à suivre, puis ajouta d'une voix qui se voulait rassurante :

— Nous volons dans la bonne direction.

Les minutes s'écoulaient. Ils avaient de plus en plus froid.

— Posez votre main sur le sceptre ! leur recommanda Chad.

Depuis qu'il l'avait activé, une douce chaleur irradiait de l'objet. Quelque peu réchauffés, ils poursuivirent leur chemin jusqu'à une succession de lacs dont les eaux étaient retenues par un ingénieux système de barrages.

Paul chercha des yeux les bâtiments qui auraient pu abriter une centrale hydraulique, mais il n'en vit aucun.

Ils franchirent un dernier barrage, survolèrent le rebord de ce qui ressemblait à un gigantesque bassin naturel. Situé en aval des retenues d'eau, il était traversé de forêts et de petites rivières.

— Regardez ! fit Paul.

D'étranges constructions s'élevaient au loin sur le sommet des collines dominant le bassin.

— On dirait des portes creusées dans la roche.

Paul avait eu la chance d'aller plusieurs fois en vacances au Mexique. Et ces vestiges ressemblaient à s'y méprendre à certains portiques aztèques ou mayas construits en périphérie des anciennes cités.

Le bassin était trop vaste pour pouvoir les compter tous. Mais même si l'éclat du ciel gris leur irritait les yeux, ils en dénombrèrent au moins huit dressés tout autour.

Soudain, leur véhicule se mit à frémir. Peu après, le fragment se fendilla.

— C'était trop beau pour durer! gémit Penilène.

— Descends! Descends! supplia Paul en faisant de grands gestes à Chad.

Vivia ressentit les vibrations dans la roche et s'écria qu'ils n'étaient pas seuls.

Lord Vikram apparut quelques secondes plus tard entre deux bandes de brouillard. Juché sur sa plateforme luminescente, les bras tendus, il semblait en proie à un effort intense.

— C'est lui qui agit sur le fragment! devina Penilène.

Elle voulut ajouter quelque chose, mais la plaque se fractura en plusieurs morceaux. Le sceptre s'en décrocha brusquement.

Privés de soutien, ils s'accrochèrent à l'Ankh et virent avec effroi les morceaux choir vers le sol.

Le gradateur de masse calcula le poids de chacun et s'ajusta presque immédiatement. Leur vol se stabilisa bientôt au-dessus des frondaisons.

Un éclat de rire retentit derrière eux.

La cape claquant au vent, Lord Vikram saluait leur nouvelle prouesse.

Ils survolèrent les vestiges d'un campement composé de baraques en bois et d'enclos vides : sans doute l'endroit où avaient vécu les Mogalos avant d'être déportés sur ordre du roi.

Ils tentaient de garder leur cap — aux dires de Paul, ils avaient d'ores et déjà atteint les bonnes coordonnées —, quand des rayons de lumière jaillirent de toutes parts.

— L'homme en rouge nous tire dessus! s'écria Vivia.

Chacun suspendu par un bras à l'Ankh d'or, ils devaient ressembler à de drôles d'oiseaux! Le vent ne cessait de les jeter les uns contre les autres. Vivia n'en pouvait plus de tenir les sacs. Chad s'en empara de sa main libre.

Vivia avait le bras engourdi et la clavicule douloureuse. Les autres étaient-ils eux aussi sur le point de lâcher prise? De son autre main, elle s'accrochait à Chad.

Soudain, elle hurla.

— Mais... tu saignes!

En un ultime effort de concentration, le jeune asiatique se rapprocha le plus possible de la cime des arbres. Puis, à bout de force, il se laissa tomber dans le vide.

Penilène prit le contrôle mental du sceptre. Hélas, sans doute vidé d'une partie de son énergie, celui-ci refusa de lui obéir...

Le cosmonaute

Des feuilles et des brindilles plein les cheveux, le visage griffé par les branches, ils se regardèrent, éberlués.

La chute avait été rude !

Paul gémit en se relevant. Vivia aperçut les sacs et courut vérifier l'état des précieux creusets. Elle les sortit et soupira : aucun d'eux n'avait l'air d'avoir été endommagé.

— Je crois, déclara Paul, que ces récipients, l'œuf ouvre-monde et le sceptre d'or viennent d'une autre époque, d'une autre civilisation que celle…

L'estomac retourné par son vol, Penilène tendit la main en direction des buissons et poussa un cri affreux :

— Un monstre !

Plus confiant depuis qu'il avait récupéré l'élément air, Paul la corrigea. Il ne s'agissait que d'un homme vêtu d'une combinaison identique ou presque à celle des cosmonautes de la NASA, l'agence spatiale américaine.

L'inconnu portait en effet un casque muni d'une visière et une combinaison en métal qui grossissait sa silhouette. Surpris de trouver des civils dans un périmètre interdit, il prit la mesure de la radiation ambiante avec son lecteur portatif, et ôta son casque.

— Le bassin est classé zone rouge! mugit-il. Vous risquez une peine d'emprisonnement. Que faites-vous dans…

Une fléchette se planta dans sa gorge. Le cosmonaute s'écroula dans l'herbe.

Chad sortit à son tour du sous-bois.

Vivia se jeta à son cou. Un peu surpris, le garçon déclara :

— Cette forêt est étrange. Écoutez…

Ils tendirent l'oreille.

— Je n'entends rien, ronchonna Penilène.

Paul comprit où Chad voulait en venir.

— Aucun oiseau, approuva-t-il, et aucun animal non plus. Pas même d'insectes.

— Tu n'es pas blessé? s'inquiéta Vivia.

Chad lui sourit brièvement et s'agenouilla près du cosmonaute.

Sur sa combinaison brillait un symbole.

— Un éclair dans une étoile…

— Ça ressemble au sigle d'une compagnie d'énergie, dit Penilène.

Paul se mit à faire les 100 pas. Pourquoi ce périmètre était-il interdit au public? Et pourquoi cet homme, visiblement un employé, vérifiait-il…

Il s'empara du petit appareil tombé au sol.

— C'est une espèce de compteur Geiger. On s'en sert pour mesurer le niveau de radiation ambiante.

Chad récupéra sa fléchette, la replaça dans sa cartouchière. Il ne lui en restait plus que quatre.

— Tu l'as tué? se désola Vivia.

— Non, seulement endormi.

Il réveilla le cosmonaute à coups de claques sur les joues.

Brun de cheveux comme de peau, l'ouvrier paraissait avoir une trentaine d'années. Les cheveux coupés en brosse, un nez démesuré par rapport à son visage, il cligna des paupières et protesta :

— Vous n'avez pas le droit.

Chad lui montra son poing.

— Que faites-vous ici ?

L'ouvrier paraissait abasourdi.

— Mais, balbutia-t-il, je prépare le terrain pour la grande expérience.

Les quatre jeunes s'entreregardèrent et songèrent au rêve qu'ils avaient fait, quelques jours plus tôt.

— Le temple! s'exclamèrent-ils.

Les yeux de Penilène brillaient de joie, car elle se rapprochait de la porte dimensionnelle qui la renverrait chez elle.

— S'il vous plait, monsieur, demanda-t-elle, conduisez-nous.

*

Ils montèrent à bord d'un petit véhicule motorisé. Léger, assemblé avec des tubes de métal, il ressemblait à une voiturette de golf.

L'homme les emmena au centre de ce qu'il appelait le bassin de Varrmina.

Au milieu d'une végétation bouleversée par les bulldozers et les pelles mécaniques, ils découvrirent un temple sphérique posé sur une base carrée soutenue par quatre énormes piliers de granite.

— Le temple de Mortmose, déclara l'homme.

Il avait ôté sa combinaison, ce qui ne l'empêchait pas de transpirer. Il essuya la sueur qui coulait sur l'arête de son long nez et expliqua que cette immense boule était une énigme pour les scientifiques de l'Université de Baârka.

L'édifice n'était pas complètement dégagé par les machines. Une partie des piliers se trouvait encore sous le niveau du sol et d'épaisses lianes, tombant des arbres voisins, couraient sur son esplanade et ses degrés de pierre.

— Une partie de la communauté scientifique mondiale pense que ce temple date de la première civilisation des Mogalos, poursuivit-il. Mais les indigènes eux-mêmes prétendent que cette construction est antérieure à leur venue dans le pays. D'autres, des pseudo occultistes et des médiums, assurent de leur côté que le temple remonterait à la légendaire Lémurie.

Paul tiqua, car cette civilisation antédiluvienne, comme l'Atlantide d'ailleurs, faisait partie du passé de son monde à lui. Était-il possible que ceux du Soleil de cendre aient aussi connu des civilisations mythiques portant ces noms-là? Ou bien les Atlantes avaient-ils conquis à la fois son monde et celui du Soleil de cendre?

«Peut-être avaient-ils découvert l'existence des portes dimensionnelles?»

Il monta sur la plateforme qui supportait l'énorme boule. La surface poreuse de la sphère ne comportait ni fresque ni symbole.

— Comme notre propre Grande Pyramide et la plupart des vestiges antérieurs aux civilisations mayas et aztèques, dit Paul.

— Certains, ajouta le cosmonaute, voient dans l'absence de bas-reliefs la preuve que cet édifice a été posé là par des êtres venus d'un autre monde.

— Mais en quoi cet endroit peut-il être si utile au roi? s'enquit Penilène.

L'ouvrier montra, loin au-dessus d'eux, la silhouette des 12 portes qui les surplombaient.

— Aujourd'hui, nous allons inonder le bassin.

— Les lacs, les barrages! fit Paul. Je comprends.

— Mais pourquoi? s'exclama Vivia. Il y avait des hommes et des animaux qui vivaient ici.

— Les portes serviront de capteurs de foudre, expliqua l'employé. L'eau sera énergisée. Nos turbines en tireront de l'électricité qui sera ensuite réacheminée par relais souterrains vers toutes les grandes villes du continent. Cela devrait mettre un terme à la crise d'énergie que nous vivons en ce moment.

Il les observa avec plus d'attention et ajouta, perplexe :

— Mais d'où venez-vous?

— Je me rappelle que le roi parlait effectivement d'une crise de l'énergie, déclara Penilène. Et qu'il avait un grand projet pour aider à sauver le monde.

— Bien sûr! approuva l'ouvrier. Le roi doit respecter les conventions internationales. Chaque pays développé doit créer davantage d'énergie afin de…

Devinant que ces jeunes venaient sans doute d'ailleurs — mais d'où ? —, il se tut.

— Bon sang, mais qui êtes-vous ? répéta-t-il.

Chad était parti inspecter les environs. Il revint précipitamment.

— J'ai trouvé ceci, dit-il en brandissant une lance-à-foudre identique à celles utilisées par les rebelles.

— Rendez-moi cette arme ! s'exclama l'ouvrier.

Il jeta un regard en direction des baraquements provisoires installés près du temple par la compagnie.

— Inutile d'espérer de l'aide, fit Chad. Vos copains ont déjà quitté les lieux.

Penilène repensa à Demetor qui voulait à tout prix détruire la tour du roi.

— Avez-vous vu des rebelles ?

— Ils ont essayé de saboter notre travail à plusieurs reprises, mais nous avons réussi à les repousser. L'armée les traque maintenant dans les montagnes.

— Il faut que nous entrions dans ce temple, le coupa Vivia. Je sens que c'est ce que veut la « voix ».

L'ouvrier éclata de rire.

— Bonne chance ! Cela fait plus de 200 ans que nos scientifiques essayent de trouver une issue. Les quatre escaliers menant sur l'esplanade n'aboutissent à aucune porte.

Chad les entraîna près d'un pilier nouvellement mis à jour et leur montra l'idéogramme sculpté dans la pierre.

Penilène exhiba son sceptre.

— À mon avis, avança Paul, c'est toi qui as la clef.

Les quatre statues

L'ouvrier fut stupéfait en voyant l'Ankh s'aimanter à la paroi et celle-ci s'ouvrir.

Ils suivirent un long corridor aux murs et au sol composés de dalles couvertes de diagrammes à motifs «spatiaux» avec des étoiles, des lignes et des planètes. Aucun d'eux ne savait trop à quoi s'attendre. De l'avis de l'ouvrier, ce temple avait une vocation purement religieuse. Ce corridor les mènerait sans doute à une nef, à des gradins réservés aux fidèles, à un autel dédié à d'anciens dieux.

Le sceptre vibrait légèrement dans la main de Penilène et produisait une douce lumière : comme s'il était de retour dans un lieu familier... La jeune noire sentait son estomac se serrer. Ses trois compagnons étaient-ils aussi énervés qu'elle ?

Ils atteignirent une salle de forme aussi sphérique que le bâtiment. Bordée par de hautes colonnes aux reflets argentés, elle était froide et nue, et ne contenait aucune fresque ou bas-relief. Ce détail décevait un peu Comane, l'ouvrier, car il s'était attendu à plus de dorures et de richesses. La seule véritable lumière provenait de plusieurs puits ouverts dans le plafond. Par un système aussi ingénieux que mystérieux, ils devaient capter celle émanant de l'extérieur, peut-être par le biais de miroirs qui demeuraient invisibles.

— Enfin ! s'écria Vivia, les mains ouvertes sur sa gorge tant elle était émue.

Comane aussi croyait rêver.

— La boule de lumière de nos rêves ! laissa tomber Paul, réellement impressionné.

— Et comme dans notre dernier rêve, reprit Vivia, elle est suspendue dans le temps. Congelée…

Ils avancèrent de quelques pas. Enveloppée par une énergie vaporeuse et blanchâtre, la boule était littéralement figée à environ un mètre du sol. Paul en donna la circonférence approximative :

— À mon avis, pas plus de 30 mètres !

Quatre statues de femmes, agenouillées et disposées en demi-cercle face à la boule, étaient recueillies depuis des siècles ; visages extatiques et bras tendus comme si elles lui adressaient des offrandes.

— Regardez ! nota Paul. Les statues sont coulées chacune dans un matériau différent.

Comane paraissait vivre un rêve éveillé. Combien de scientifiques célèbres, dans son monde, auraient voulu être dans sa peau en ce moment !

Il rejoignit Paul et, montrant les dames une à une, balbutia :

— La Dame de la Terre est en argile cuite. La Dame du Feu en lave stratifiée.

— La Dame de l'eau est faite de glace, poursuivit Vivia.

Paul posa sa main sur la Dame de l'air, taillée dans le même métal doux, tiède et d'aspect métallique dont était fait son creuset.

— Là! Il y a tout de même un bas-relief explicatif, déclara Comane, soulagé.

Il demanda à Penilène d'approcher son sceptre d'un bloc de pierre dressé au centre des quatre statues.

— Vous connaissez cet endroit? s'enquit la jeune noire.

L'ouvrier avait à présent la mine de quelqu'un qui vient de gagner des millions au loto.

— J'ai lu beaucoup de livres, j'ai visité des endroits dans le monde en lien avec celui-là, répondit-il. Je savais que les quatre Dames dont parlent beaucoup de traditions gardaient un trésor. J'ignorai qu'il s'agissait de cette boule de…

Ne sachant pas de quoi cet objet sphérique suspendu était fait, il préféra se taire.

— Lisons plutôt!

Il s'agenouilla. Les autres en firent autant, sauf Vivia qui marchait entre les Dames, l'air de vivre son propre rêve, et Chad qui demeurait à l'écart pour surveiller leurs arrières.

— Vous comprenez le sens de ces idéogrammes? s'étonna Paul.

— L'archéologie a toujours été ma grande passion, répondit Comane. Je résume, mais en gros, cela signifie que…

«Il est dit qu'autrefois, à l'époque de la dernière grande civilisation humaine d'avant la précédente fin du monde, des héros provenant des trois mondes en guerre les uns contre les autres ont

capturé cette… boule de lumière et l'on emprisonnée dans ce temple. »

Ils se regardèrent, perplexes.

— Nous connaissons cette boule, dit Penilène.
Elle nous parle dans nos rêves.

— C'est elle qui nous a guidés jusqu'ici, compléta Paul.

Comane se releva. Il était abasourdi. Ses yeux
pétillaient. Ses traits s'adoucirent encore.

— Mais alors, vous devez être ceux qui…

— … ceux qui quoi ? le pressa Penilène.

Vivia toucha le bras de l'ouvrier.

— Nous sommes venus pour la libérer, avoua-t-
elle simplement.

Chaque Dame portait un pendentif autour du
cou.

Vivia approcha sa main du cou de la Dame de
l'eau et en retira son collier forgé, comme la Dame
elle-même, dans de la glace vitrifiée.

— Que fais-tu ? s'effraya Penilène.

— Elle a raison, renchérit Paul. Si on touche à
quoi que ce soit, on risque de…

Enfant, il écoutait des dessins animés, à la télé,
dans lesquels de jeunes héros visitaient des temples
engloutis. Lorsqu'ils s'emparaient d'un objet quelconque, tout explosait ou bien tombait en miettes.

Vivia les rassura.

— Il n'y a rien à craindre. Ces pendentifs nous
sont destinés.

Elle retira chacun d'eux et les tendit à ses
compagnons.

— Comment savoir ? lâcha Paul, effrayé.

L'adolescente montra non pas la Dame de l'eau, mais la boule suspendue.

— C'est elle qui me l'a dit.

Comane semblait en état de choc.

— Alors, dit-il, c'est bien de vous dont parlent les textes étudié depuis des centaines d'années par de nombreux chercheurs.

Il montra le pendentif que Vivia tenait dans sa main.

— Connaissez-vous ce symbole ?

— Bien sûr ! s'écria Penilène.

Malgré le froid, Paul ôta sa veste de daim et roula le tissu de sa manche de chemise jusqu'à son épaule.

Comane vit le tatouage.

— Une sphère entourée de 12 rayons à l'intérieur de laquelle on dénombre trois fragments de couleurs différentes. Les trois univers ou plan dimensionnels. Si l'on compte les éclats brillants incrustés dans le motif…

— Cela fait sept, termina Vivia.

— Sept ? répéta Comane. Tu as raison. Il déglutit. Vous êtes bien les porteurs de foudre ou de lumière évoqués par les idéogrammes du bas-relief.

— Mais à quoi rime tout cela ? s'emporta Penilène.

Le bas-relief ne parlait-il pas, par hasard, de l'existence d'une porte dimensionnelle ?

Vivia ouvrit les sacs de la chamane et en sortit les creusets.

— Vous avez aussi les réceptacles de la quête des éléments ! s'émerveilla Comane.

Penilène commençait vraiment à détester les mots « quête », « mission », « destinée » et « héros ».

Car ils n'étaient rien de tout cela. Ils n'avaient fait que fuir et avoir peur. Au bord de la crise de nerfs, elle chercha, entre les colonnes dressées, n'importe quoi qui pourrait ressembler à une porte.

— Il faut que vous déposiez chacun votre creuset dans les mains de la Dame qui correspond à votre élément, indiqua Vivia.

Paul passa une main devant le visage de la jeune fille et la déclara en état de transe.

Comane recula.

— Je ne me suis pas trouvé sur votre chemin par erreur, balbutia-t-il. Ce n'était pas un hasard. C'était… mon destin.

Chad revint, l'air aussi contrarié que s'il s'attendait à voir surgir des spectres en armure.

— Tenez! Tenez! ajouta Vivia en leur tendant leurs creusets respectifs.

Ils se tinrent ensuite chacun devant leur Dame.

— Posons-les dans l'ordre où l'on a récolté les éléments, suggéra Vivia.

À chaque creuset déposé dans les bras d'une Dame s'éleva une note claire et belle.

— Oui! s'enthousiasma l'adolescente.

Soudain retentit une fausse note.

— Cela provient de la Dame de Terre, se désola Vivia.

Penilène se mordit les lèvres.

Ils entendirent un cliquetis d'armes. Les parois du temple se mirent à vibrer.

Une voix s'éleva alors du couloir obscur.

— Je sais, moi, pourquoi le mécanisme ne fonctionne pas…

La mélodie
des quatre éléments

Appuyé nonchalamment sur le pommeau de sa canne, lord Vikram Estrayan les observait d'un air narquois.

— Vous ! éructa Penilène.

L'acolyte du roi Yegor ouvrit ses bras. La vibration redoubla d'intensité. Ses soldats se placèrent en ligne derrière lui.

— Je suis fier de vous ! poursuivit Vikram. Vous m'avez guidé jusqu'ici comme vous le deviez. Je vous ai un peu aidé au passage, mais (il montra la boule de lumière congelée du bout de sa canne) le jeu en valait la chandelle.

Il rit devant la déconvenue des quatre jeunes.

— Ne soyez pas si surpris.

Un garde arracha le sceptre des mains de Penilène et le tendit à son maître.

Celle-ci voulut négocier.

— Vous avez ce que vous vouliez. Maintenant, renvoyez-nous chez nous et n'en parlons plus.

Vikram rit de nouveau. La naïveté de cette jeune femme qui se croyait très intelligente l'amusait.

— Celle-là vous a trahi ! clama-t-il en s'adressant aux trois autres. Si elle est partie chercher l'élément terre avec son creuset, elle s'est bien gardée de le remplir avec de la terre de bonne qualité. La vérité, c'est qu'elle a eu peur de la foudre. Qui plus est, elle n'a jamais souhaité autre chose que retrouver sa petite vie monotonne et tranquille. N'est-ce pas ?

Penilène ne répondit pas. Paul, qui n'avait pas encore posé son creuset dans les bras de la Dame de l'air, semblait déçu.

Vikram poursuivit :

— Ce creuset de terre manque sérieusement de foudre. Attendez…

Il s'approcha de la Dame de Terre et posa l'une des extrémités de l'Ankh sur le creuset qu'elle tenait. Un éclair jaillit. Une troisième note s'éleva, claire et ample.

— À toi à présent ! lança-t-il à Paul.

Le jeune blond s'exécuta.

— Maintenant, dit Vikram, écoutez…

La quatrième note retentit, très haut sous les plafonds, et rejoignit celles issues des précédents creusets.

— Oui, écoutez le chant des Dames…

Le temple frémit sur ses fondations, mais leur vie n'était pas en danger. En vérité, seule la boule de lumière « travaillait ». Immobilisées depuis des millénaires, les brumes congelées qui l'enveloppaient se mirent à bouillir. Des jets de vapeur sifflèrent.

L'enveloppe laiteuse irradia de nouveau. Une vibration grave et sereine emplit la salle.

— Voyez, elle se libère ! fit Lord Vikram.

Ils reculèrent de quelques pas.

Vivia paraissait toujours sous le coup de l'inspiration qui l'avait décidée à s'emparer des pendentifs. Quelque peu essoufflée, elle demanda :

— Si vous aviez besoin de nous pour remplir les creusets et pour suivre la voix de nos rêves, qu'est-ce exactement que cette boule de lumière ?

— Et quelle est cette quête importante du « passage des mondes » dont parlait la chamane ? ajouta Paul.

Vikram laissa s'écouler quelques secondes avant de répondre. Ainsi, ces jeunes avaient pris goût à l'aventure. Il aurait bien aimé leur donner des explications. Après tout, ils l'avaient mérité. Hélas, le temps filait entre ses doigts. Le roi s'impatientait. La boule de lumière était libérée et prête, à nouveau, à agir.

— Je le regrette pour vous, jeunes étrangers, mais votre quête s'arrête ici.

Il lança un ordre. Les soldats relevèrent leurs armes.

— Personne ne vous connait. Vous ne manquerez donc à personne.

Chad se plaça devant ses amis.

Vikram eut un rictus cruel.

— Toi, je vais te tuer de mes propres mains.

Un cri perçant retentit soudain dans le temple. Une petite créature sauta d'une colonne et se laissa tomber de tout son poids sur la nuque de Lord Vikram.

Le sceptre échappa des mains de l'homme en rouge. Sheewa s'en empara avec sa longue queue et l'envoya à Penilène qui l'attrapa au vol.

Une voix pleine d'assurance leur cria ensuite de se mettre à couvert.

— Demetor ! s'écria Paul.

Comane imita les quatre jeunes et se replia derrière les statues.

Puis, les soldats de Vikram périrent sous les balles des rebelles qui avaient, eux aussi, investi le temple.

Nullement vaincu pour autant, lord Vikram tendit ses bras. Des plaques de crépis se détachèrent aussitôt du plafond et fondirent sur les hommes — rebelles et soldats confondus.

Chad sortit à découvert. Il releva le pan de son poncho et, aussi rapide que l'éclair, tira trois fléchettes.

Vikram les bloqua avec ses avant-bras renforcés par des gantelets en métal.

— Pour qui te prends-tu, petit moinillon des montagnes ! lâcha-t-il avec mépris.

Les rebelles de Demetor gagnaient du terrain. Leurs tirs furent dès lors dirigés sur l'homme en rouge.

Mais des fragments de mur pleuvaient sur eux. Plusieurs morceaux se regroupèrent pour former un écran protecteur autour de Vikram.

L'homme en rouge projeta d'énormes pierres sur Chad qui les évita en se contorsionnant avec habileté.

La dernière fléchette du garçon atteignit Vikram au défaut de la clavicule gauche. L'homme se l'arracha vivement, mais le puissant somnifère dont était enduite la pointe pénétrait déjà dans son corps.

Voyant qu'il avait perdu la bataille, il fit volte-face et, abattant sur les rebelles une grêle de pierraille, il quitta les lieux en courant.

— Il y a des survivants! s'écria un rebelle en retournant un soldat du bout du pied.

Blotties l'une contre l'autre, Vivia et Penilène se protégeaient le visage avec les bras.

Paul laissa tomber, philosophe :

— On n'est pas dans un jeu vidéo! C'est moins drôle de voir de vrais morts.

— Tout va bientôt être inondé, le coupa Demetor. Nous devons quitter le bassin au plus vite.

Remise de ses émotions, Penilène exigea des explications.

— Xinéa avait raison, répondit le jeune chef rebelle. Notre sort est lié au vôtre. Et puis (il montra Sheewa qui s'était blottie dans les bras de Chad), votre singe-araignée m'a sauvé la vie, sur les bords du lac. Après notre séparation, elle nous a retrouvés et…

— Non! rétorqua Penilène. Pourquoi devons-nous fuir?

L'ouvrier répondit à la place du rebelle :

— Je vous l'ai dit! Les barrages vont être ouverts. La date fatidique était aujourd'hui.

Penilène fixa Demetor.

— Nous avons tenté de protéger les barrages, ajouta celui-ci. Mais l'armée nous est tombée dessus. Il faut nous replier.

Déjà, le sol grondait.

Vivia, Chad et Paul marchèrent vers la boule de lumière en suspension.

— Pas par là ! leur cria la jeune noire.

Vivia sourit.

— Si je me rappelle bien mon dernier rêve, dit-elle, c'est merveilleux dans la lumière…

— Elle a raison, acquiesça Paul. Moi aussi je me souviens.

— Vous êtes malades ! éructa Penilène. Que savez-vous de cette boule de lumière ? Les eaux vont tout emporter. Nous avons une chance de survivre avec Demetor.

Comane les encouragea à «s'abandonner» à la lumière.

— Malade ! Malade ! Malade ! martela Penilène. Avec Demetor, nous trouverons une nouvelle porte dimensionnelle.

Vivia entra résolument dans la brume ectoplasmique qui enveloppait la boule de lumière.

Chad la suivit d'un pas résolu.

Paul tendit sa main à Penilène.

— Viens avec nous.

Demetor était sur le point de quitter les lieux avec l'employé.

— Décide-toi ! la pressa le jeune chef.

Les derniers rebelles ainsi que Comane abandonnaient le temple.

— Fais ton choix maintenant, répéta Demetor en lui tendant également la main.

Le cœur de Penilène battait à se rompre.

— Tiens, dit-elle à Demetor. Ceci est à toi.

Elle lui remit l'Ankh d'or.

— Tu as sauvé nos vies. Peut-être le sceptre t'aidera-t-il dans ta lutte contre le roi.

Puis, avec l'air de s'excuser, elle courut rejoindre Paul.

— Bonne chance ! leur cria Demetor.

Il attendit encore quelques secondes.

La boule de lumière devint incandescente. Il dut se recroqueviller et fermer les yeux.

Quand il les rouvrit, le temple était vide.

La Dame de Shamballa

Vivia marchait dans la lumière. Elle sentit une rampe sous ses doigts et s'y accrocha, buta contre les marches d'un escalier et les gravit.

— Avance! la pressa Paul.

La rampe les conduisit dans une sorte de puits aux parois luminescentes.

Le jeune blond effleura le mur, le trouva doux et tiède et affirma qu'il était fait de métal.

«Montez encore…»

La voix parlait de nouveau dans leur tête.

Ils grimpèrent le long d'une échelle de coupée.

Paul sentait la présence de Chad derrière lui. Sheewa bondit sur son épaule, puis sur celle de Vivia. Le singe disparut ensuite dans la lumière qui pesait comme un capuchon sur l'extrémité du puits.

Penilène râlait derrière Chad. Les parois du puits vibraient de plus en plus fort.

La voix leur recommanda de monter et de s'installer.

Mais soudain, alors que Penilène atteignait l'extrémité du puits, ils ressentirent une violente accélération.

Paul cria qu'ils décollaient et ajouta :

— J'ai déjà vécu cette expérience dans un simulateur de vol...

La douleur et la sensation d'écrasement lui coupèrent le souffle.

Incertain de ce qu'il voyait vraiment, il rampa sur un plancher d'ivoire fin. Ses muscles, ses nerfs, ses os — son organisme tout entier subissait une énorme pression.

Vivia aperçut plusieurs sièges disposés devant des consoles. Au-delà brillait une immense coupole vitrée.

Derrière cette baie, elle voyait le ciel, les nuages et des trombes d'eau s'abattant sur la forêt.

«Installez-vous», leur répéta la voix.

Déployant ce qu'il lui restait de force, Vivia se hissa sur le fauteuil. Magie ou technologie? La sensation d'écrasement disparut et elle eut la très agréable impression d'être assise dans un siège de cinéma.

Paul aussi avait réussi à atteindre un fauteuil. Dans la lumière irisée, Vivia vit que Chad aidait Penilène à s'asseoir.

Hélas, il n'y avait que trois fauteuils !

Vivia entendit Chad gémir de douleur. Sheewa sauta dans les bras de l'adolescente. Vivia regrettait qu'il n'y ait pas assez d'espace, sur son siège, pour accueillir également le garçon aux yeux gris.

— Chad! appela-t-elle.

Mais le jeune asiatique semblait s'être évanoui.

Les trois autres recommençaient à peine à respirer normalement qu'une femme apparut au centre du cockpit.

Maintenant que vous êtes parvenus au terme de votre premier voyage, dit la Dame, laissez-moi vous parler de la quête…

Ils distinguaient parfaitement la silhouette de cette créature qui ne s'adressait plus à eux par télépathie, mais bel et bien face à face. Elle était grande et portait une robe bleue. Avec sa peau couleur de bronze, sa chevelure noire, sa bouche large et généreuse et ses yeux étirés sur ses tempes, elle ressemblait à une Orientale. Même si elle ne souriait pas, il émanait de sa personne une joie et une douceur infinie.

Elle se tenait debout devant eux, mais évoluait aussi au centre de formes géométriques compliquées. Vivia y vit un losange, Penilène un carré, et Paul deux pyramides imbriquées tête-bêche l'une dans l'autre.

La Dame parla. Sa voix mélodieuse supprima toute idée de limite et d'espace, et les transporta très loin du monde du Soleil de cendre.

Comme s'ils n'étaient que de minuscules particules de poussière, ils voletaient au cœur d'une impressionnante projection holographique.

«Voici les anciens héros», dit la Dame.

Elle ajouta qu'elle s'appelait Uriella et qu'elle venait de la cité céleste de Shamballa.

Elle sentait que son nom et celui de son monde pouvaient faire un bien fou à ces jeunes gens courageux, mais pour l'heure effrayés et égarés.

«Shamballa est un endroit réel situé au sommet du monde du Soleil de cristal dont vous portez la représentation tatouée dans votre chair. Peuplé d'hommes et de femmes qui ont échappé à la contrainte des trois mondes, Shamballa veille sur les humanités et sur leurs âmes. Nous sommes des gardiens et nous œuvrons à travers le temps, les époques, les dimensions et l'espace.

Maintenant, regardez bien les cristaux que ces héros tiennent dans leurs mains…»

Paul compta quatre géants et sept cristaux de couleurs, de formes et de tonalités différentes.

«Ces prétendus héros ont volé les cristaux pour utiliser leurs pouvoirs. Ils ne se rendent pas compte qu'ils mettent ainsi les mondes du futur en grand péril…

Les héros se battaient les uns contre les autres. Leurs armes étaient stupéfiantes.

Gravement blessé, l'un d'eux succomba. Son adversaire, un guerrier entièrement vêtu de rouge, s'appropria les trois cristaux que sa victime avait réussi à rassembler.

Ce dernier héros cria victoire. Les sept cristaux lui appartenaient enfin! Il allait être en mesure de réunir les peuples et d'instaurer un ordre mondial nouveau.

À ce moment-là, une brèche s'ouvrit dans le ciel. Un vent terrible déferla sur la Terre. Les cristaux furent arrachés des mains du vainqueur et emportés au loin.

Le survivant hurla sa colère. Il tendit les poings au ciel et maudit les dieux qui, disait-il, l'avaient trahi.»

— N'était-ce pas ce que vous souhaitiez !

Dame Uriella assura les quatre jeunes que tel n'était pas le cas.

« Dans les trois mondes, dit-elle, les hommes forts pensent toujours agir au nom des dieux qu'ils servent, alors qu'en réalité ils n'obéissent qu'à eux-mêmes, à leurs ambitions, à leur vanité, à leurs obsessions.

Cela s'est passé après l'avant-dernier effondrement planétaire qui causa la fin de trois grandes civilisations, une dans chacun des trois mondes. Le nom de la civilisation dominante, dans le monde du Soleil doré de cette époque, était Atlantide. L'avant-dernière civilisation Atlante. »

Elle poursuivit tandis que Chad reprenait lentement connaissance.

« Les sept cristaux de pouvoir, créés à l'origine pour maintenir la stabilité et l'équilibre précaire des trois mondes, ont été perdus dans chacun des trois plans d'existence. »

Le décor changea. Les jeunes virent des images de la planète telle qu'elle leur apparaissait aujourd'hui. Dans le monde du Soleil de cristal, les océans étaient recouverts d'une brume tirant sur le brun et les cités semblaient construites au milieu d'épais nuages. Dans le monde du Soleil doré, des fumées s'échappant de milliers d'usines et de millions de véhicules à moteur répandaient leurs poisons dans le ciel. Ces substances se déposaient sur les plantes, pénétraient les sols et même le corps des hommes. Enfin, dans le monde du Soleil de cendre, d'immenses dépotoirs à ciel ouvert et de vastes périmètres de terrains contaminés faisaient monter une plainte sourde des tréfonds de la Terre.

« Aujourd'hui, reprit Dame Uriella, chacun de vos trois mondes a atteint la limite de ce que la Terre peut supporter. Trois nouvelles humanités sont nées sur les ruines des précédentes. Mais ces humanités polluent, massacrent, abusent et se rient de la Terre qui les porte. La Terre est de nouveau au bord de l'asphyxie et prête à combattre pour assurer sa survie. »

D'autres images défilèrent ; celles de catastrophes effroyables à venir.

« Pensez à un corps qui se défend, poursuivit la Dame. Songez à un enfant qui fait de la fièvre pour se débarrasser des germes qui le clouent au lit. Dites-vous que la Terre agit ainsi quand elle se sent menacée. La dernière fois, c'était il y a environ 12 000 ans. »

Chad se redressa, mais resta assis au sol devant le fauteuil de Vivia.

« Ceci — Dame Uriella montra le cockpit et le dôme au-dessus d'eux — est Urantiane. Urantiane vous attendait. Elle sera votre véhicule, votre maison et votre amie…

Si vous acceptez de partir à la recherche des sept cristaux perdus dans les mondes et les époques, il faudra tout abandonner derrière vous. Cette quête est essentielle. Car les cristaux ont pour mission, lors de ces grandes « fièvres de la Terre », de maintenir les mondes en équilibre. En vérité, vous devez savoir que l'heure est proche, pour les trois mondes, de connaître à nouveau ces grands bouleversements. Les hommes vivent dans l'insouciance et se moquent de tout. Vous seuls saurez avec certitude qu'ils courent à leur perte. Vous saurez aussi que si, à l'heure dite, les sept cristaux ne sont pas réunis, la Terre, cette fois-ci, ne survivra pas. Aucun des trois mondes ne survivra. Pas un être humain n'en réchappera. Et la vie, telle que nous la connaissons, cessera d'exister. » Pourtant, nulle âme et nul homme, jamais, n'a été forcé d'accomplir quoi que ce soit sous la contrainte de Shamballa. Vous avez légitimement le droit de refuser. »

Dame Uriella se tut quelques instants…

… instants qui semblèrent durer une éternité.

Lorsqu'ils se sentirent enfin en état de parler — Penilène avait bien sûr des tas de questions à poser —, ils s'aperçurent, déçus, que la belle Dame de Shamballa avait disparu, que la soucoupe Urantiane elle-même ne flottait plus dans les airs...

… qu'ils étaient parvenus quelque part.

Mais où ?

— Regardez ! s'exclama Vivia. Des collines…

— Ces rochers ne me sont pas inconnus, ajouta Paul.

Penilène contempla le paysage par-delà le dôme luminescent.

— En contrebas, dit-elle, il y a une route.

Il faisait presque nuit. Le soleil se couchait sur le désert et vers le sud s'allumaient les lumières d'une petite ville.

— Ça alors ! s'exclama Paul en sautant de son fauteuil. L'Arizona…

L'ordre de mission

Lord Vikram contemplait le bassin de Varrmina, méconnaissable, envahi par des tonnes d'eau. Le projet du roi avait abouti. Les barrages avaient sauté. Les forêts et le territoire ancestral des Mogalos étaient inondés et dévastés.

Dans le ciel grondaient de nouveaux orages. Bientôt, les 12 portes élevées en bordure du bassin capteraient des centaines d'éclairs. La foudre imbiberait les molécules d'eau.

Des appareils militaires patrouillaient le secteur pour s'assurer que tout se passait comme prévu d'un point de vue scientifique et, aussi, pour maintenir la sécurité. Le roi avait dépêché des bataillons entiers de soldats pour capturer les rebelles qui s'étaient aventurés aux pieds des barrages et jusque dans le bassin.

Le bâtiment volant du roi Yegor se posa, déclenchant une mini tornade de poussière.

Drapé dans son manteau de pourpre, mais portant en dessous son uniforme de campagne, le monarque rejoignit son acolyte sur l'esplanade de la porte.

Yegor était blême de rage. La mission de son lieutenant avait échoué. Car si Urantiane avait bel et bien été «réveillée» de son sommeil multimillénaire, la nef leur avait filé sous le nez... pilotée, ou peu s'en fallait, par ces quatre jeunes que Vikram disait inoffensifs car ignorants.

Malgré cet échec cuisant et la mise en péril des grands projets qu'il avait en tête, le roi devait se montrer prudent. Lord Vikram n'était pas un homme ordinaire. Seigneur du règne minéral, il descendait d'une prestigieuse lignée de magiciens et de voyageurs interdimensionnels. Jadis, ses ancêtres étaient même des héros !

Après un long moment de silence durant lequel les premiers éclairs frappèrent les portes — la leur n'était heureusement pas encore activée —, Yegor parla le premier :

— Sous peu, cet immense réservoir d'énergie facile et illimitée va alimenter toutes mes cités. Le peuple d'Ancépalomie va connaître une ère de prospérité sans précédent. Nous vendrons nos surplus aux pays voisins. Il faudra, bien entendu, protéger les secrets de notre technologie contre les orgueilleux industriels et les services secrets des pays belliqueux. L'enjeu sera de taille.

En évitant d'évoquer la défaite personnelle subie par Lord Vikram, le roi tentait d'amadouer ce seigneur qui, le premier, lui avait parlé de cette très ancienne technologie dont il entendait faire aujourd'hui la planche de salut de l'humanité.

— Ces rebelles, poursuivit le roi, n'ont jamais compris ma vision prophétique d'un avenir serein pour tous. Ils lisent trop de prophéties. Ce sont des fanatiques qui n'entendent rien au progrès ni au dessein véritable de ma tour.

Ils craignent qu'une fois mise en fonction et nourrie en énergie par le bassin de Varrmina, cette tour ne crée un trou dans la matière. Qu'une fois percée, cette brèche interdimensionnelle causera une implosion de notre monde.

Nous ne remédierons à ce risque fatal, mon cher Vikram, que si vous nous ramenez à temps les sept cristaux d'énergie. Placés dans ma tour, ils la stabiliseront. Devenu tout à fait sécuritaire, l'édifice pourra alors diffuser l'énergie engrangée ici dans le monde entier. Pensez… aux possibilités !

Oui, imaginez un monde sans plus de misère ni de pauvreté. Des cités riches et prospères. Les hommes des pays sous-développés pourront échapper aux tyrans qui les gouvernent et obtenir enfin des conditions de vie décentes.

Yegor se tut. Mais Lord Vikram voyait bien que le roi continuait, en pensée, à rêver à son « monde meilleur ». Un monde dominé par l'Ancépalomie et, bien entendu, par les industriels et les banquiers internationaux qui soutenaient son régime dictatorial.

Le roi croyait en l'existence des deux autres mondes dont Vikram lui avait parlé. Mais ces réalités lui semblaient bien éloignées de ses préoccupations immédiates. Il voulait les sept cristaux de Shamballa pour sauver son monde à lui. Était-ce mal ?

Vikram s'était engagé, par fidélité et reconnaissance envers le roi qui lui avait jadis sauvé la vie, à récupérer coûte que coûte ces cristaux. Alors, il avait usé de ses pouvoirs pour rechercher et identifier précisément les quatre jeunes choisis par Shamballa. Puis, il les avait enlevés un à un et emprisonnés. Leur fuite du palais était prévue, car eux seuls pouvaient remplir les creusets de foudre et réveiller Urantiane.

Mais son plan avec dérapé quand les jeunes s'étaient enfuis à bord de la nef volante. Comment, sans ce véhicule spatio-temporel, retrouver les cristaux égarés ?

Yegor sembla lire dans sa pensée :

— Il n'est pas encore dit que ces jeunes accepteront la quête.

— L'attrait de sauver non pas une, mais trois humanités, n'est-il pas un aimant puissant, Majesté ?

Le roi se rembrunit, car il savait tout ce que ce noble projet avait de poids.

— S'ils acceptent, déclara le roi, votre devoir sera de leur barrer la route, coûte que coûte, à quelque époque et partout où ils se rendront, et de les devancer dans leur quête de chacun des cristaux.

Vikram hocha la tête.

Voulant que tout soit clair entre eux, le roi insista :

— Sur votre vie, Lord Vikram ! Ne reparaissez pas devant moi sans ces cristaux.

— Sur ma vie, Majesté, répéta l'homme en rouge, les yeux dans le lointain.

— Prenez tout ce dont vous aurez besoin. Usez de toute votre science. Votre nouvelle mission est prioritaire.

— Je comprends, mon roi.

Un sergent fit sa révérence à Yegor et l'avertit que, hélas, si nombre de rebelles avaient été capturés ou tués, il subsistait ça et là des poches de résistance.

— Traquez-les ! Je ne veux garder aucun ennemi dans mon dos.

Lorsque l'officier se fut retiré, un conseiller prévint le roi que les médias l'attendaient pour son grand discours d'inauguration du bassin de Varrmina.

Yegor se tourna vers son acolyte.

— Ne commettez pas l'erreur de me prendre pour un fou ou pour un tyran, Seigneur Vikram. J'œuvre pour donner à mon peuple de meilleures conditions de vie. Je ne pense pas que ces cristaux puissent servir plus noble cause ailleurs que placés dans ma tour.

Il est commode, pour un roi, songea Vikram, d'ignorer qu'il existe d'autres mondes au-dessus du sien, d'autres humanités, d'autres enjeux.

Il inspira profondément.

— Majesté, je vous ramènerai ces cristaux et votre tour fera de vous le plus humble des grands et célèbres bienfaiteurs de notre humanité.

Il avait choisi ses mots avec soin ; chacun ayant sa signification et son poids propre. Mais le roi, déjà, tournait les talons.

Dans le ciel, les éclairs se déchaînaient.

Et Vikram lui-même devait se mettre en route...

Le retour

— 35° 12/30N/114° /1/ 33°, ânonna Paul.

— Quoi ? fit Penilène, encore essoufflée d'avoir tant marché.

Le grand blond lui mit sa montre-boussole sous le nez. À la lueur des néons des hôtels et des stations à essence réparties des deux côtés de la route, Penilène lut vaguement les coordonnés, longitude et latitude, de cet endroit perdu au milieu de nulle part.

— Pas vraiment perdu, reprit Paul en montrant les panneaux indicateurs géants sur lesquels on lisait les chiffres « 66 » et « 40 ».

— Non, mais sans blague, où sommes-nous ? insista Penilène.

Vivia et Chad restaient silencieux. Urantiane avait atterri au milieu d'une sierra semée de hauts cactus qui ressemblaient à des potences. Désorientés et pris de vertiges, ils étaient sortis de la boule de lumière. Ensuite, ils avaient marché sur une rue en pente nommée Blue cliff's Road. Parvenus à un premier pâté de maisons, ils avaient bifurqué vers le sud, sur la 1st Street, et longé ce qui ressemblait à un centre sportif avec des terrains de tennis. À présent, ils se trouvaient sur Devine Street, du nom d'un acteur d'autrefois qui jouait dans des westerns avec John Wayne.

À leurs oreilles sifflait la sirène d'un train. À croire qu'il n'y avait, dans ce centre-ville, que des hôtels arborant fièrement le chiffre 66, des stations à essence et des trains invisibles.

— On est en Arizona, mais tu ignores où exactement! se plaignit Penilène.

— J'ai honte de l'avouer, fit Vivia, mais j'ai un petit creux.

— Moi, je n'ai pas honte du tout, la consola Paul. Je mangerai bien trois ou quatre hamburgers!

Ça tombait bien, car il lui restait deux billets de vingt dollars.

Un véhicule à quatre roues motrices noir chromé les frôla. En sortit une famille d'Américains moyens qui avait hâte d'aller manger. La soirée était chaude et sèche.

— Dit, demanda Penilène alors qu'ils entraient dans un snack-bar qui embaumait la viande grillée et le cheeseburger, est-ce que tu as encore ton cellulaire…

Paul allait répondre quand il se trouva soudain nez à nez avec une photo géante le représentant. Sur l'affiche figurait ce mot : DISPARU. Et, en très gros caractères, soulignés en rouge : FORTE RÉCOMPENSE POUR TOUTE INFORMATION.

Placardé sur la porte vitrée de l'établissement, l'avis de recherche se voyait comme le nez au milieu du visage.

— Mon père ne fait jamais les choses à moitié, expliqua Paul en grimaçant.

Les autres pénétrèrent dans le restaurant, mais le jeune homme resta quelques secondes à se contempler. Un spasme lui serra la poitrine. En quoi ce beau garçon qui avait l'air si gentil, propre et poli sur la photo lui ressemblait-il réellement? Il se le demandait en cherchant ses amis des yeux.

Ses amis…

Avant son enlèvement, soit sept jours auparavant, il ne les connaissait même pas. À bien y réfléchir, d'ailleurs, avait-il vraiment déjà eu des amis de son âge?

Une serveuse sexy les installa sur une banquette. Elle leur adressa un sourire artificiel, leur laissa des menus.

— On sert aussi des déjeuners, dit-elle avec un accent du pays qui fit chaud au cœur de Paul.

Il s'assit et constata que ses compagnons étaient aussi mal à l'aise que lui.

Seul Chad semblait se moquer de l'endroit où ils se trouvaient. Il se contentait de parler à voix basse avec Sheewa, qu'il cachait à moitié sous les plis de son poncho.

À part quelques touristes en route soit vers Las Vegas, soit vers le Grand Canyon, la clientèle était composée de gens du coin. Ils portaient des bottes en peau de crotale, des chemises de couleur vive. Et, pour les hommes, des moustaches et des chapeaux décorés d'os et de lacets en cuir. Ils mangeaient bruyamment et suivaient des yeux le match de base-ball sur les écrans géants. Plus loin, dans une salle basse peu éclairée — le bar, sans doute — on entendait, par-dessus la sirène des trains, les boules de billard qui s'entrechoquaient violemment.

Vivia, Paul et Penilène consultèrent leurs menus.

— Vraiment, lâcha la New-Yorkaise, je n'en reviens toujours pas. Nous sommes de retour. Mais où, bon sang!

Cette question devenait chez elle une obsession.

La serveuse revint prendre leur commande.

— Un double hamburger au fromage pour moi, fit Paul, avec un grand Pepsi régulier.

Penilène et Vivia hésitaient.

— C'est moi qui paye! répéta le jeune blond en exhibant ses billets de 20 dollars.

Penilène commanda un hot-dog avec une frite mayonnaise. Et, s'ils en avaient, des petits cornichons avec des olives dans un bol à part.

— Et pour boire? demanda la serveuse en mastiquant sa gomme à mâcher.

N'y tenant plus, Penilène posa la question qui lui brûlait les lèvres :

— S'il vous plait, nous sommes dans quelle ville, ici?

La serveuse la regarda comme on regarde un touriste paumé. À l'accent et à la dégaine de la fille, elle était sûrement une hippie venue sur le pouce avec les trois autres zigotos directement de la côte est. Autant dire du bout du monde.

Vivia demanda à son tour, d'une toute petite voix :

— Et…, heu…, quel jour sommes-nous ? Quel mois ?

La serveuse avait-elle bien entendu ? Elle aperçut la tête d'un drôle d'animal dans les plis du poncho du garçon aux yeux gris, et fronça le nez.

Comme elle faisait demi-tour, Paul commanda également un grand plat de tacos avec beaucoup de sauce

— Épicée, la sauce ! Puis, à Chad : Essaye ! Ça devrait te plaire.

Il rit, mais son rire mourut de lui-même. Ils étaient tous sur les nerfs, et en même temps, à bout de force. Penilène soupirait comme si elle venait d'échapper à un immense danger, ce qui n'était pas très éloigné de la réalité. Paul avait posé son cellulaire sur la table. L'objet semblait fasciner la jeune New-Yorkaise.

— Et si on parlait ! déclara soudain Vivia. Si on parlait vraiment…

Consciente d'avoir brisé une sorte de trêve sacrée ou de moment d'extase, elle s'excusa, mais ajouta qu'il « fallait » le faire. Que c'était important.

Ils se rappelaient les paroles de la Dame de Shamballa.

Ainsi, tout ce qu'ils voyaient autour d'eux — ces gens « normaux » qui vivaient leur petite vie tranquille — allait bientôt disparaître. Enfin, si les sept cristaux dont avait parlé Uriella n'étaient pas retrouvés et ramenés au plus vite à Shamballa.

Mais avaient-ils vraiment tout compris ?

Ce qui semble urgent et fascinant dans une nef volante peut paraître absurde, quelques heures plus tard, dans le confort d'un snack-bar. Surtout lorsque l'on est enveloppé par des odeurs de hamburgers au fromage, de viandes, du bruit des conversations animées des buveurs de bière et de la voix du commentateur du match de base-ball!

Penilène demanda s'ils croyaient vraiment à cette histoire de cristaux égarés depuis l'époque de l'Atlantide.

Le monde court à sa perte, c'est bien connu! Surpopulation, guerres incessantes fomentées par les grands fabricants d'arme, famines et crises économiques montées de toutes pièces par de grosses compagnies, déforestation, épidémies, réchauffement climatique. Sans compter les dangers qu'un météorite leur tombe sur la tête!

La serveuse revint avec leur commande. Chad écarquilla les yeux devant le plat de tacos.

Il n'en remarqua pas moins que plusieurs personnes les dévisageaient d'une table voisine. Le garçon se cala dans sa chaise de manière à ce que son sabre et son pistolet vibratoire ne le gênent plus.

— Calme-toi, Sheewa, recommanda-t-il. Oui, je vais t'en donner…

La serveuse déposa son double hamburger au fromage devant Paul, et répondit enfin aux questions de Penilène et de Vivia.

— Vous êtes à Kingman, Arizona. Et nous sommes le 12 juillet.

Elle souriait comme si elle se moquait gentiment d'eux. Car comment ignorer ce genre de détails «importants»?

— Merci, répondit Vivia.

Penilène se prit la tête entre les mains.

— Trois mois et sept jours ! chuchota-t-elle comme pour elle-même.

— Comment ? fit Paul, la bouche pleine.

— Cela fait plus de trois mois que j'ai été enlevée, répéta la jeune noire.

— Et moi, sept jours ! renchérit Paul.

— C'est tout ce qu'à duré notre voyage ? s'étonna Vivia.

Elle déclara ensuite qu'elle ne se rappelait toujours rien de son passé. Chad, le seul parmi eux à n'avoir pas vraiment été arraché à sa famille, écoutait tout en surveillant les clients.

Vivia attendit encore quelques secondes, puis elle avoua qu'elle y croyait, elle, et deux fois plutôt qu'une.

— À quoi ? s'enquit Paul en avalant une bonne lampée de son Pepsi.

— Mais à tout ce dont la Dame de Shamballa nous a parlé !

Les yeux fixés sur le téléphone cellulaire de Paul, Penilène se mordillait les lèvres.

— Qu'est-ce qui nous prouve que c'est vrai ?

La jeune noire était de mauvaise foi. Elle le savait, mais ne pouvait s'en défendre. Après tout, elle avait vécu dans le palais du roi Yegor, elle avait côtoyé les habitants de Baârka, elle avait vu l'effrayante tour.

Mais ces noms aux consonances exotiques, sinon mystiques, sonnaient bizarres dans le snack-bar.

— Et quoi ? s'emporta-t-elle. On devrait repartir ! Mais pour où ? Pour quelle époque ? Et pour faire quoi, grands dieux ! Retrouver des cailloux ! Non, mais on est en plein délire !

Paul semblait absorbé par son Pepsi. En réalité, il suivait le raisonnement de Penilène. Ils étaient les seuls à avoir encore une famille. Mais quelle famille…

— Dis, l'Apollon! Pardon, Paul, est-ce que je peux… Enfin, est-ce que ton cellulaire fonctionne?

Le jeune blond vérifia la ligne. Après toutes leurs aventures et un séjour dans les eaux glacées de la cascade sacrée des chimoèques, il semblait bien que oui.

— C'est de la bonne technologie.

— Est-ce que je peux téléphoner à New York?

— Ma foi! De toute façon, c'est mon père qui paye!

Penilène prit le petit Blackberry, composa nerveusement un numéro, colla l'appareil contre son oreille…

— Tu avais le téléphone? s'enquit Vivia. Je croyais que vous étiez très pauvres.

— La compagnie menaçait toujours de nous couper la ligne, mais… Oh!

Penilène écouta le message automatique préenregistré.

— La voix de mon frère… Le plus vieux après moi.

Le ton était calme et ferme. Penilène s'en étonna, car son frère était un fugueur écervelé sans aucune confiance en lui.

« … laissez votre message au bip sonore, merci! »

Penilène attendit, interloquée, le souffle court. Puis elle dit, lentement:

— Allô, c'est moi. Je…

Intimidée, elle se tut. Ensuite, très rapidement, elle ajouta :

— Je suis toujours vivante et je vais bien. Maman, je…

Subitement, elle raccrocha.

— Pourquoi n'as-tu pas continué? la gronda Vivia.

Penilène se leva brusquement.

— Excusez-moi, je dois aller aux toilettes…

Vivia prit le Blackberry que la New-Yorkaise lui tendait et le rendit à Paul.

— À ton tour, maintenant!

À l'autre bout du snack-bar, un client interpella Penilène. Chad ne les quitta pas des yeux.

L'envie démangeait Paul d'appeler son père. En même temps, des images lui revenaient à la mémoire. Sa relation avec ses parents était complexe. Si les employés du ranch l'aimaient, sa mère fuyait la réalité dans ses surprises-parties et ses journées de courses «entre filles», et son père, un homme qui s'était fait lui-même, travaillait du matin au soir. Il était fier de sa réussite. Fier de posséder un réel pouvoir sur la politique et l'économie de la région, et des avoirs totalisant plus de 300 millions de dollars.

Par contre, il n'avait jamais été fier de son fils unique qu'il appelait volontiers la «limace».

— Quand cesseras-tu de ne rien faire d'autre que dormir, manger et jouer à tes saletés de jeux vidéo qui t'abrutissent! La vie, mon garçon, c'est là dehors que ça se passe! Sors. Prends du soleil. Tiens, voilà 1000 dollars. Va t'éclater! Fais quelques conneries. Bouge, nom de Dieu!

Quand il n'allait pas à l'école, Paul était champion toute catégorie de fainéantise appliquée. Ainsi, il pouvait dormir plus de 20 heures d'affilée!

Le téléphone cellulaire dans sa main, Paul réfléchissait à tout cela. Il se revoyait aussi à bord d'Urantiane. Ils n'avaient pas vu grand-chose de cette «boule de lumière ailée» qui était apparue dans leurs rêves. Mais, à franchement parler, il se rendait compte qu'il s'y sentait plus en sécurité, plus «chez lui» en quelque sorte, que partout ailleurs. Y compris dans ce ranch où son père régnait en véritable seigneur. Et, même, plus en sécurité que dans ce snack-bar.

C'était soudain et dérangeant comme révélation.

Pourtant, comme pris de remords et presque d'instinct, il composa le numéro qui figurait sur l'avis de recherche.

Il tomba sur un répondeur.

«Ici le poste central de recherche de Paul Winthrop. S'il vous plait, laissez-nous un message. Tout appel est très important. Merci.»

Paul raccrocha et composa de mémoire les 10 chiffres du téléphone cellulaire personnel de son père.

«Ici Richard Winthrop. N'oubliez pas de me laisser un message. Bonne journée.»

C'était son père tout craché. Précis, tonitruant, meneur-né. Absent.

Paul soupira.

— Allô, P'pa! Je suis revenu. Je vais bien. Dis-le à M'am et je…

Il raccrocha tout aussi brusquement que Penilène.

— Enfin, protesta Vivia, vous êtes fous. Si j'avais des parents à appeler, crois-moi, je le ferais !

La jeune noire revint des toilettes. Son visage était blême. Personne ne lui demanda pourquoi elle avait pleuré.

— Si nous votions, proposa finalement Vivia.

Penilène s'attendait à cette suggestion. Il était évident que Vivia voulait repartir. Mais pourquoi, grand dieu ?

Elle le lui demanda.

— Je suis persuadée qu'en accomplissant cette mission, je retrouverai les souvenirs de mon passé. D'où je viens, qui est ma famille. Et puis… (elle sourit) je vous aime bien !

Penilène ricana.

— Alors, Paul, fit la New-Yorkaise, as-tu appelé ton père ?

Silence penaud du jeune blond.

— Mais il offre un million de dollars en récompense pour te retrouver ! On me l'a confirmé.

— Ces hommes, là-bas, grommela Chad d'un ton sourd.

— Oui, pourquoi ?

Le garçon ne répondit pas. Avec ses petites mains, Sheewa picorait des morceaux d'ananas dans l'assiette de son jeune maître.

Au bout de quelques minutes, le garçon aux yeux gris trancha :

— Votons.

— Ceux qui veulent se jeter dans la gueule d'un énorme loup inconnu, levez la main, ironisa Penilène.

Elle ne fut pas étonnée de voir Chad et Vivia obtempérer. Restait Paul. Le jeune blond hésitait encore.

— Ta famille t'attend, lui souffla Penilène. Tes parents…

Mais Paul ne l'écoutait pas. Il entendait la voix rauque de son père :

«Quand vas-tu faire de toi un homme? À ton âge, moi je…»

Ahurie, Penilène le vit lever la main.

Vivia souriait.

— Tu as fait le bon choix.

— Désolé, s'excusa Paul.

Penilène détourna le regard. Rien, en vérité, ne l'obligeait à repartir. Il y avait sûrement un poste de police dans cette ville. Elle pourrait s'y rendre, déclarer son identité… et raconter quoi? Qu'elle avait été transportée dans un monde parallèle? Retenue prisonnière dans le palais d'un despote nommé Yegor? Que ce roi construisait une tour qui constituait peut-être un danger pour la sécurité nationale des États-Unis, et même du monde?

Trois hommes s'approchaient d'eux. La serveuse leur parlait à voix basse.

— Ils ont un agent de police avec eux! chuchota Paul.

❋

Chad renversa leur table d'un geste brusque et dégaina son arme vibratoire. Le policier sortit son revolver.

L'instant d'après, le snack-bar fut dévasté par une tornade et les quatre jeunes sortirent par une porte latérale.

— Tu es fou! s'égosilla Penilène. Non, mais t'es malade!

Ils remontèrent 1st Street en courant jusqu'à Blue Cliff.

Un bruit de moteur vrombissait à leurs oreilles.

— Ils nous poursuivent, lâcha Paul.

— Qu'est-ce que tu crois! haleta Vivia. Ils t'ont reconnu. Ils veulent toucher leur part de la récompense!

De retour dans la clairière de cactus, où ils avaient laissé la nef, une surprise de taille les attendait.

— Elle a disparu! se désespéra Paul.

— Nos pendentifs! s'écria Vivia.

Elle appuya sur le motif de celui qu'elle portait autour du cou. Aussitôt, le soleil au 12 rayons se mit à luire et une nappe de lumière apparut devant eux.

— Elle était là! fit l'adolescente, soulagée. Seulement, elle était invisible.

Des phares trouaient le désert. Un bruit de moteur montait vers eux.

Chad fut le premier à pénétrer dans le halo de lumière.

— J'y vais aussi, décida Vivia. Le monde appartient aux audacieux.

— Vous êtes fous, répéta encore Penilène. Comment comptez-vous retrouver le premier cristal? Où est-ce que ça va vous mener?

Leurs poursuivants se rapprochaient. Déjà, ils voyaient le gyrophare du véhicule à quatre roues motrices de police illuminer les cactus.

Paul prit un air contrit.

— Je dois prouver à mon père que je suis un homme, dit-il.

Et il s'engouffra à son tour dans la nef.

Penilène frissonna malgré la chaleur. Si on la trouvait là, pourrait-elle être accusée d'avoir saccagé le snack-bar ? Ce fut cette crainte des autorités et de l'injustice sociale qui la décida. Elle répéta qu'ils étaient inconscients, mais elle sauta in extremis dans la lumière.

Une minute plus tard, le véhicule de police ainsi que plusieurs quatre roues pilotés par des cowboys du coin surgissaient.

Bouche bée, les hommes s'entreregardèrent.

Il n'y avait plus personne. Que la nuit et ses bruits familiers.

Et puis, soudain, comme jaillit de nulle part, une violente rafale les jeta au sol.

Ne sachant pas comment rédiger son rapport, l'agent en service, ce soir-là, se contenta d'écrire que les prévenus avaient disparu, soulevés par un vent mystérieux. Il n'osa pas ajouter : « d'origine extraterrestre ! »

Le même vent qui, sans doute, avait dévasté le restaurant.

CHAPITRE 27

Urantiane

En pénétrant dans la nef de lumière, ils avaient senti une lourdeur dans leurs corps. La voix leur avait conseillé d'aller dormir. Paul s'était dirigé à tâtons vers une volée de marches qui descendaient. Ils s'étaient retrouvés devant une paroi dans laquelle étaient encastrées deux couchettes superposées. L'habitacle était divisé en deux par un mur percé d'une ouverture octogonale. Les filles choisirent la première «chambre», les garçons la seconde.

Les cris aigus de Sheewa réveillèrent Chad. La vitre qui recouvrait sa couchette pivota dans un chuintement grave. Les sens aux aguets, l'adolescent se redressa.

Il enfila son armure légère et son poncho par la tête, arrangea le bandeau sur son front, noua le long ruban de soie rouge aux couleurs de son ordre autour de sa taille, chaussa ses mocassins, et gravit les marches.

Il fut étonné de voir que Paul était déjà levé. Le singe-araignée bondissait d'une console à une autre tandis que le jeune blond prenait des mesures.

Il se tourna vers Chad et dit :

— Le dôme culmine en son centre à environ 3,5 m. Le cockpit compte 6 mètres de large, 8 en comptant l'épaisseur des consoles qui bordent la circonférence. Et 12 mètres ou même 14 de longueur. Urantiane est un ovale parfait. La forme idéale pour voyager dans l'espace.

Il grommelait, hochait la tête d'un air entendu comme s'il se parlait à lui-même — ce qui était sans doute le cas.

Il posa la paume de sa main sur le métal doux et luminescent de la console de gauche, et nomma cette partie du cockpit « bâbord » en référence au vocabulaire employé dans la navigation maritime.

— Nous volons à très haute altitude, ajouta Paul. Pourtant, le sol sous nos pieds vibre à peine. C'est super, cette technologie ! La nef doit être branchée sur un quelconque pilote automatique…

Il inspecta les symboles, les écrans éteints et les diagrammes digitaux répartis devant chacun des trois fauteuils. Disposés dans la partie avant de la nef, un au centre, les deux autres de part et d'autre, ces fauteuils étaient en cuir blanc rembourré.

Paul en avait découvert un quatrième — à son avis le plus important et le plus mystérieux de tous.

— Il est situé à l'étage.

Chad suivit son regard.

Dans la partie arrière du cockpit se trouvait une sorte de mezzanine à laquelle on accédait par deux petites échelles de coupée situées contre les flancs, en contrepoint des marches menant dans la partie basse.

Paul escalada celle de droite. Parvenu en haut, il inspira profondément et déclara :

— J'aime !

Il dominait en effet la passerelle.

— Je pense qu'ici se situe véritablement le poste de navigation.

Il s'assit sur le quatrième fauteuil, contempla la console parcourue d'écrans installés devant lui à l'exacte hauteur et distance qui correspondait aux dimensions de son corps.

— C'est fascinant.

Il résuma ainsi les caractéristiques de la nef spatiale qu'ils avaient « délivrée ».

— Il y a quatre fauteuils et nous sommes quatre. Regarde bien les symboles en forme de pyramides qui ornent chacun d'eux. Tu remarqueras que le symbole de l'air se trouve précisément… sur le dossier de mon fauteuil !

Chad trouva le symbole du feu imprimé sur le dossier du fauteuil disposé en avant au centre. Celui de l'eau se trouvait à sa droite, celui de la terre à sa gauche.

— Et il y a aussi quatre couchettes ! poursuivit Paul. Deux dans la partie des garçons, deux dans celle des filles. Et aussi, j'ai vérifié en me levant, deux petites salles de toilettes. Tu ne trouves pas cela…

— Fascinent, je sais, termina Chad. À propos, où sont les filles ?

Ils entendirent le bruit caractéristique, mais discret, d'une chasse d'eau.

— Elles sont réveillées, répondit Paul en souriant.

Il redescendit sur la passerelle où se trouvait également, au centre exactement de la nef, le puits surmonté de rambardes métalliques par lequel ils étaient montés à bord. De part et d'autre sur le sol se trouvaient d'épais hublots de forme demi-sphérique au travers desquels ils voyaient, en dessous de la nef, une épaisse couche de nuages.

Il se plaça devant la console de Chad.

— Ceci est un poste de surveillance, dit-il. Ces chiffres sont des repères géographiques, comme dans les navettes spatiales. Le plus stupéfiant, c'est qu'ils sont en système impérial. Tu ne trouves pas génial que cette nef ait été conçue il y a des milliers d'années pour notre usage précis !

Il fit une pause. Son visage reflétait le parfait contentement. Il caressa la console.

— J'ai l'impression de connaître Urantiane depuis toujours.

Ils entendirent des pas dans l'escalier de droite, derrière eux.

— Penny est malade, dit Vivia. Elle a mal à l'estomac et je…

Chad la rejoignit.

Toujours très excité, Paul parlait maintenant à Sheewa.

— Mais le plus étonnant, quoi que tout autour de nous soit absolument extraordinaire, c'est la fresque peinte juste là !

Dans la paroi située entre les échelles de coupée menant à la mezzanine trônait en effet le symbole de facture assez universel qui figurait sur leurs épaules et sur les pendentifs trouvés au cou des quatre statues : le soleil aux 12 rayons scindé en trois partie, chacune d'une couleur différente : gris argenté, doré et cristal. Autour de l'astre était répartis sept éclats de cristal de teintes et d'aspects différents. Le motif « nageait » dans un ovale bleu.

— À mon avis, ajouta Paul, l'ovale bleu représente Urantiane.

Il répéta que tout cela était prodigieux.

Chad et Vivia reparurent.

Ils soutenaient Penilène qui paraissait vraiment mal en point. Son teint était blafard. Pour une fille venant des îles, c'était cocasse.

Mais pas plus, aux yeux de Paul, que le compte à rebours digital qui figurait à la gauche du flamboyant symbole mural.

— J'ai trouvé un nécessaire de premier secours dans notre salle de bain, indiqua Vivia. Mais pour bien faire, il lui faudrait des cachets contre le mal de l'air.

Paul se pencha sur Penilène et déclara qu'en effet, elle tournait maintenant au vert.

Incapable de se défendre, la jeune noire lui envoya un regard assassin.

— Nous allons devoir prendre notre temps pour apprendre tout d'Urantiane et pour comprendre ce qu'elle attend de chacun d'entre nous, conclut le jeune blond.

Il semblait tellement subjugué qu'il en oubliait leur situation : perdus dans l'espace et le temps à la recherche de sept cristaux de pouvoirs censés protéger les trois mondes d'une destruction imminente…

— Mets-lui la tête sous l'eau froide, recommanda Paul. Mon père a fait ça, une fois, avec ma mère.

Vivia fronça les sourcils.

— Et tes parents sont toujours ensemble ?

Sheewa se remit soudain à pousser des petits cris de détresse.

La nef s'inclina brusquement de quelques degrés en avant.

— Nous descendons, dit Paul. J'ignore où et quand nous sommes. Urantiane suit peut-être une route préprogrammée.

L'inclinaison s'accentua.

— Je crois qu'il vaudrait mieux nous asseoir et nous préparer à un atterrissage forcé, les prévint Chad.

— Ce compte à rebours me dérange, répliqua Paul, de plus en plus perplexe.

— Si je me rappelle bien les paroles que Dame Uriella a prononcées durant mon rêve de cette nuit, fit Vivia, ce compte à rebours indique le nombre des battements de cœur qui reste à la planète.

Paul tiqua. Pourquoi n'avait-il rien entendu de tel ?

— Tu veux dire que lorsque le chronomètre atteindra le zéro…

— Badaboum ! plaisanta Vivia. Mais cesse de parler et va t'asseoir. Nous allons être secoués.

Dame Uriella avait-elle fait d'autres révélations à Vivia ?

La jeune fille lut sans doute cette question sur le visage du jeune blond, car elle ajouta, tout en sanglant Penilène dans son fauteuil :

— Nous sommes toujours dans notre monde, mais nous avons remonté le temps d'environ 12 000 ans. Nous sommes à l'époque de…

La nef fit une violente embardée. Une sirène d'alarme retentit. Des nuages jaillirent plusieurs traits lumineux.

— D'autres éclairs ? s'alarma Paul.

— Non, corrigea Chad. Je crois qu'on nous tire dessus.

Urantiane piqua en vrille.

— Nous allons nous écraser ! s'écria Vivia.

Penilène vomit sans retenue.

Chad s'accrocha à son siège.

Sheewa se cacha sous son poncho.

Pour Paul, mourir maintenant était impensable et illogique. N'avaient-ils pas accepté de remplir une mission de la plus haute importance ?

Au bord de l'évanouissement, ils souffraient des effets de la chute en vrille. Leur tête allait exploser. Leurs organes intérieurs étaient broyés par la pression. Le cœur au bord des lèvres, Vivia trouva enfin le courage de finir sa phrase de tout à l'heure.

Dame Uriella lui avait dit, juste avant qu'elle ne s'éveille, que tout irait bien. Qu'ils avaient remonté le temps et qu'ils devaient mener une enquête à Posséïdonis, la capitale du dernier empire atlante.

« Là, vous vous fondrez dans la masse des citoyens. Là, vous trouverez des indices qui vous mèneront au premier cristal. »

Le sol se rapprochait à vive allure.

Une vaste métropole divisée par des bandes régulières et concentriques de terre et d'eau se dessinait sous eux. Les rayons de lumière qui les avaient apparemment pris pour cible devenaient plus nombreux.

Urantiane plongea dans les eaux d'un énorme bassin. Le choc fut si brutal que Chad, Paul, Vivia et Penilène perdirent connaissance.

Index des personnages

Chad : Quatorze ans. Élevé dans un temple du monde du Soleil de cendre, il a été préparé très jeune à la quête des sept cristaux. Spécialiste en arts martiaux, peu bavard, il est chargé de la sécurité du groupe.

Comane : Ouvrier au service de la compagnie de Foudre, il est employé pour nettoyer le bassin de Varrmina.

Demetor : Jeune chef rebelle. À la tête d'une colonie de dissidents installée dans les montagnes, Demetor poursuit l'œuvre de son père : détruire la tour du roi Yegor.

Emrock : Chaman du peuple des Mogalos.

Paul Winthrop : Quinze ans, natif de l'Arizona. Il est mentalement et spirituellement connecté à Urantiane. Pilote hors pair et scientifique à ses heures, il est passionné par les énigmes et la recherche de chacun des cristaux de pouvoir.

Penilène : Quinze ans. Née dans les Caraïbes, Penny vit à New York avec sa famille quand elle est enlevée par Lord Vikram. Analytique, foncièrement intellectuelle, doutant de l'existence des forces paranormales, elle veille sur le groupe comme, autrefois, sur ses frères et sœurs plus jeunes qu'elle.

Rosa : Cuisinière mexicaine travaillant au ranch où Paul a grandi.

Sheewa : Singe-araignée femelle accompagnant nos amis. Très sensible, elle sent tout danger avant qu'il ne se manifeste.

Uriella : Dame de Shamballa. Elle indique à nos quatre héros le monde et la période temporelle où ils trouveront le prochain cristal.

Vivia : Treize ans. De santé fragile, elle est venue toute jeune du monde du Soleil de cristal, et a été élevée par une femme qui prétendait être sa mère. À la suite d'un traumatisme mystérieux, Vivia a perdu tout souvenir de son enfance. Pour elle, la vie a commencé dans les bras de Chad, pendant leur fuite de la cité de Baârka. Intuitive, toujours positive et de bonne humeur, elle sert de canal psychique à la Dame de Shamballa.

Vikram Estrayan : Homme multidimensionnel, Vikram descend d'une noble lignée de héros remontant jusqu'à l'Atlantide. Vassal du roi Yegor, il pourchasse nos quatre héros pour leur dérober les cristaux de pouvoir.

Xinéa : Chamane du peuple des Chimoèques.

Yegor Thourom : Monarque tout-puissant d'Ancépalomie.

Glossaire

Ancépalomie : Pays et continent du monde du Soleil de cendre.

Ankhinor : Temple où Chad a été élevé et initié.

Baârka : Capitale d'Ancépalomie.

Boule de foudre : Bombe artisanale utilisée par les rebelles pour détruire la tour du roi Yegor.

Chankra : Montagne sacrée, toit du monde du Soleil de cendre, surplombant la vallée du temple d'Ankhinor.

Chimoèques : Peuple amérindien vivant en Ancépalomie, dans le monde du Soleil de cendre.

Chutes d'Apamoya : Chute d'eau souterraine faisant partie d'un périmètre sacré dédié aux dieux du peuple indigène des Chimoèques.

Creuset de foudre : Réceptacle contenant un des quatre éléments (air, terre, eau, feu) servant à la quête dite du «réveil de la boule de lumière ailée».

Cristaux de pouvoir : Au nombre de sept, de couleurs et de formes différentes, ces cristaux maintenaient l'équilibre des trois mondes. Volés par les anciens héros de la seconde époque atlante, ils ont été égarés dans le temps et l'espace. Chad, Vivia, Paul et Penilène ont pour mission de les retrouver et de les ramener à Shamballa avant la prochaine fin du monde annoncée par les prophéties.

Gerwersha : Ville servant, dans le monde du Soleil de cendre, de méridien zéro.

Lance-tonnerre : Revolver mû par l'énergie du vrill, utilisé par les soldats du roi Yegor.

Les trois mondes : Ou plans dimensionnels. Monde du Soleil de cendre (celui de Chad) : ou monde primal. Monde du Soleil doré (le nôtre, celui de Paul et de Penilène) : ou monde médian. Monde du Soleil de cristal (celui de Vivia) : ou monde supérieur.

Maarpah : Nom du plateau ancestral du peuple des Mogalos.

Maître-abbé : Titre des maîtres d'armes et de philosophie au temple d'Ankhinor.

Mogalos : Peuple amérindien vivant dans le monde du Soleil de cendre.

Mortmose : Temple sphérique, sépulcre où repose la nef Urantiane.

Œuf ouvre-monde : Réceptacle de foudre liquide ayant le pouvoir de creuser des couloirs spatiaux temporels permettant de voyager d'un point vers un autre dans le même univers.

Porte dimensionnelle : Arche ou portique de pierre, naturel ou non, servant, lorsqu'il est activé ou en des périodes de temps données, à passer d'un monde à un autre.

Sceptre ou Ankh : Clef servant de gradateur de masse. Les anciens s'en servaient pour contrôler le poids de toutes choses.

Selam : Nom du village, situé en Ancépalomie, où se trouve la porte dimensionnelle utilisée par Chad pour accéder à notre monde.

Shamballa : Enclave énergétique vibrant dans le tissage de la Terre à la frontière du monde du Soleil de cristal. Cité-État peuplée de maîtres ascensionnés, Shamballa œuvre, au long des millénaires et des différents cycles d'évolution, au maintien de la cohésion des mondes et à la spiritualisation des êtres incarnés. Gardienne et garante de la progression des âmes, responsable de la « luminisation » des consciences, Shamballa veille aussi sur le processus sacré et naturel dit du Grand Passage des âmes d'un plan de conscience vers un autre, lors du divin nettoyage galactique.

Therasie centrale : Nom du continent, dans le monde du Soleil de cendre, où Chad a été élevé.

Tour de pouvoir : Édifice érigé par le roi Yegor pour servir de capteur/distributeur d'énergie. Réputée très dangereuse pour l'équilibre du monde du Soleil de cendre, et mentionné comme tel dans les prophéties de plusieurs peuples, elle est la cible constante d'attaques terroristes.

Urantiane : Nef spatiale et maison volante permettant à nos héros de voyager dans le temps et l'espace à la recherche des sept cristaux.

Urasie : Continent central du monde du Soleil de cendre.

Varrmina : Bassin naturel où vivaient traditionnellement les Mogalos avant qu'ils ne soient déplacés par ordre du roi Yegor.

Youkoto : Nom du volcan sacré du peuple des Mogalos.

Plans de la nef Urantiane

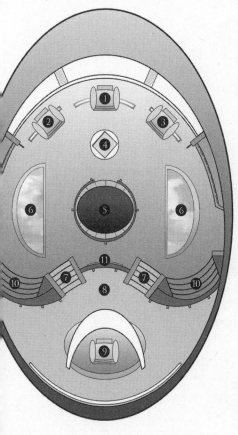

Niveau principal

1. Fauteuil de Chad
2. Fauteuil de Pénilène
3. Fauteuil de Vivia
4. Élémentum
5. Puits d'accès central
6. Vitres de plancher
7. Escaliers menant à la mezzanine
8. Mezzanine
9. Fauteuil de Paul
10. Escaliers menant au niveau inférieur
11. Symbole de la quête des 7 cristaux

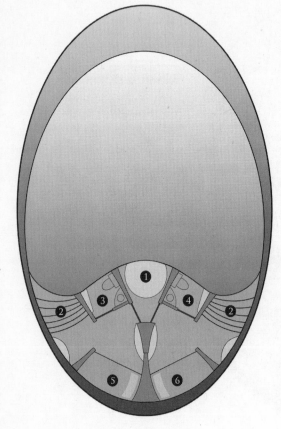

Niveau inférieur

1. Douche central
2. Escaliers
3. Toilettes des fille
4. Toilettes des gar
5. Couchettes des filles
6. Couchettes des garçons

Puits d'accès central

1. Échelle de coupée
2. Panneau de contrôle
3. Compartiments de rangement
4. Sas d'entrée

L'auteur

Fredrick D'Anterny est né à Nice, en France. Arrivé au Québec à l'âge de 17 ans, il est successivement libraire, puis représentant dans le domaine du livre. Auteur d'une trentaine de romans, créateur des séries *Storine, l'orpheline des étoiles, Éolia, princesse de lumière* et *Les messagers de Gaïa*, il explore avec brio et passion le genre fantastique/épique en y associant des notions de philosophie et de spiritualité.

Pour en savoir davantage sur l'auteur et sur ses œuvres :

www.fredrickdanterny.com

À suivre...

Tome 2

Le cristal de Nebalom

ISBN 978-2-89667-279-0

Dans le ciel brillent deux soleils. Les prêtres affirment que cette anomalie est le signe de la prochaine fin du monde. Venus, à bord de la nef Urantiane, pour récupérer le premier des sept cristaux de Shamballa, Chad, Vivia, Paul et Penilène se mêlent à la population effrayée.

Ils n'ont que quelques jours pour retrouver la fabuleuse pierre de Nebalom et échapper à l'effondrement de l'Atlantide…

L'écrasement

Monde du Soleil doré, Posséidonis, capitale de l'empire atlante, 9792 av. J.-C.

Le choc de l'eau sur la carlingue fit trembler la nef Urantiane comme si elle n'était qu'une vulgaire coquille de noix. Ce qui était loin, pourtant, d'être le cas. Sheewa poussait de petits cris aigus.

— Qu'elle se taise ! glapit Penilène en se frottant les tempes.

— Nous coulons, dit placidement Chad.

Paul et Vivia reprenaient lentement connaissance. Par-delà le dôme se mouvaient les eaux glauques dans lesquelles s'enfonçait la nef.

Ils se rappelèrent leur arrivée fracassante dans le ciel de Posséidonis, les tirs menaçants des batteries antiaériennes atlantes, la brutale plongée en vrille dans un vaste bassin creusé près de la cité.

Vivia remarqua, derrière le fauteuil de Chad, une sorte d'énorme champignon blanc en métal sorti du plancher. Comme si elle cherchait à attirer leur attention, la femelle singe-araignée n'arrêtait pas de rebondir dessus.

— Préparez-vous au choc! les prévint Paul en s'accrochant à la rambarde métallique du puits central.

Un bruit sourd retentit. Ils eurent l'impression «d'être arrivés» quelque part.

— Nous avons touché le fond, indiqua le blond.

Ahuris, ils levèrent la tête. Ils étaient non seulement perdus dans une autre époque, mais aussi enfermés dans une nef spatio-temporelle engloutie sous des tonnes d'eau.

Penilène avait pâli.

— J'étouffe!

— C'est psychologique, tenta d'expliquer Paul. La teneur en oxygène n'a pas changé et...

Une sonnerie d'alarme lui coupa la parole.

Il se précipita vers une des consoles, pianota sur les diagrammes digitaux, plissa les paupières.

La jeune noire respirait difficilement. Elle croyait entendre l'air s'échapper de la nef par 1000 fissures. L'eau allait entrer, la pression les écraser. Ses nausées s'aggravèrent. Chad l'observait, l'air de dire qu'elle paniquait pour rien.

Faisant un effort sur elle-même, Penilène s'approcha de Paul.

— Tu y comprends quelque chose? demanda-t-elle.

— Ce sont des schémas.

Elle attendit d'autres éclaircissements, mais l'adolescent se tourna plutôt vers Chad.

— Je ne sais pas pourquoi Urantiane nous a conduits au fond de ce bassin, dit-il. Il va falloir sortir de la nef.

Cette idée terrorisa Penilène.

— Sortir ! Ne serait-il pas plus simple de redécoller ?

Paul ne répondit pas. Il ressemblait à un jeune Apollon. Mais pour l'heure, son visage était crispé.

Vivia déclara qu'il vivait une nouvelle transe.

— Ça recommence ! s'énerva Penilène.

Urantiane parlait à Paul. Non par télépathie, comme l'avait fait Dame Uriella durant leur quête des quatre éléments, mais en lui suggérant des idées.

— Urantiane ne bougera pas d'ici, décréta soudain Paul, et nous perdons effectivement de l'oxygène. Redécoller n'est pas une option. Nous devons nous débrouiller autrement.

Penilène fit remarquer qu'ils étaient sous l'eau.

— Tu as raison. À 11 mètres très exactement sous la surface.

— Si on se mettait d'accord sur un plan d'action, proposa-t-elle en tentant d'oublier le danger d'asphyxie.

Ni Paul, ni Vivia, ni Chad ne semblaient enclins à l'écouter. Le blond marmonnait à l'intention d'Urantiane, Chad discutait avec Sheewa, Vivia s'était placée devant le mystérieux champignon blanc. Et, pour finir, le bruit de l'alarme leur cassait toujours les oreilles.

— Je vais vomir encore, les prévint Penilène, découragée.

Une ombre menaçante se profila au-dessus du dôme. Vivia poussa un cri d'horreur. Au même moment, l'alarme se tut.

— C'était quoi, ça? bredouilla Penilène.

Paul étudia les silhouettes de poissons qui défilaient sur son écran. Urantiane en sélectionna une. Un nom composé de lettres inconnues s'afficha.

— Je… commença Paul.

Mais il était incapable de prononcer ce mot.

— C'est un ompholus-drasius à dents de scie, traduisit Vivia en frissonnant.

Penilène n'avait eu que le temps de voir une masse d'écailles répugnantes terminée par une gueule qui n'aurait eu aucun mal à broyer une demi-douzaine de requins blancs entre ses mâchoires.

Un choc sourd résonna contre la carlingue.

— Le monstre, balbutia Vivia.

Chad vint se tenir derrière elle.

Après s'être écarté de nouveau, l'ompholus revint à la charge. Cette fois, ils virent distinctement ses dents aiguisées, son faciès aplati et ses yeux étincelants. Le sol trembla sous les pieds des quatre jeunes.

Vivia pâlit.

— Il sait qu'on est là!

— Ridicule! la coupa Paul. Urantiane est entourée en permanence par un bouclier d'énergie qui nous rend invisibles.

— Il sent notre présence, insista l'adolescente.

Penilène saisit le prétexte.

— Et toi, dit-elle à Paul, tu veux qu'on sorte!

— Mais c'est toi qui voulais!

Exaspéré, le jeune blond préféra changer de sujet et s'adressa à Vivia.

— Tu lis l'atlante?

Vivia désigna le champignon : en réalité, une console tirée du même métal doux et tiède qui composait l'ensemble des meubles de la nef. Sur la plaque avaient été dessinés quatre losanges au-dessus desquels clignotaient des symboles en forme de pyramide.

— C'est un élémentum, expliqua Vivia en recouvrant un peu de son calme habituel.

— Les symboles sont les mêmes que ceux imprimés sur les dossiers de nos fauteuils, fit Paul d'un ton dubitatif.

— L'air, le feu, l'eau, la terre, récita Chad avec son étrange accent.

Vivia indiqua le losange sur lequel Sheewa lui avait demandé de poser sa main gauche.

— En alchimie, cette pyramide inversée représente l'eau, révéla Paul. Bien que j'aie du mal à imaginer en quoi notre alchimie serait reliée à l'Atlantide.

— Le singe t'a vraiment demandé de poser ta main là? ironisa Penilène en scrutant, par delà le dôme, si le monstre ne revenait pas de leur côté.

Vivia haussa les épaules. Elle avait appris la langue atlante et vu des images rien qu'en appliquant sa paume gauche sur le losange. Et, à son avis, ses amis seraient bien avisés d'en faire autant.

Chad se risqua à l'imiter. S'il ne cria pas en « prenant contact », il grimaça. La leçon ne dura pas plus d'une minute.

L'ompholus revint et heurta la nef à deux reprises, forçant les jeunes à se tenir aux consoles ou bien à s'asseoir sur les fauteuils...

www.ada-inc.com
info@ada-inc.com